名家小写

赶山者

肖学文

图书在版编目（CIP）数据

赶山者 / 肖学文著 . -- 北京：北京联合出版公司，
2024.8. --（名家小写文集）. -- ISBN 978-7-5596
-7909-3

Ⅰ . I247.7

中国国家版本馆 CIP 数据核字第 20248E7398 号

赶山者

作　　者：肖学文
主　　编：张海君
出 品 人：赵红仕
出版监制：张晓冬
责任编辑：高霁月
特约编辑：和庚方　张　颖
封面设计：立丰天

北京联合出版公司出版
（北京市西城区德外大街 83 号楼 9 层　100088）
三河市同力彩印有限公司印刷　新华书店经销
字数 260 千字　710 毫米 × 1000 毫米　1/16　13 印张
2024 年 8 月第 1 版　2024 年 8 月第 1 次印刷
ISBN 978-7-5596-7909-3
定价：65.00 元

版权所有，侵权必究

未经书面许可，不得以任何方式转载、复制、翻印本书部分或全部内容。
本书若有质量问题，请与本公司图书销售中心联系调换。
电话：17710717619

目　录

世外高人 …………………………………… 001
杜鹃花开 …………………………………… 032
秋　祭 ……………………………………… 098
神　谕 ……………………………………… 115
这不是我的牛 ……………………………… 144
桂花开又落 ………………………………… 161
最后一个箍山人 …………………………… 175
白麂子 ……………………………………… 187
半斗米的债 ………………………………… 199

世外高人

一

糊涂村之所以出名，据说是因为出了一位世外高人。

我不知传说中糊涂村的高人是指谁，但我早有耳闻。在南港县仕途上混的，你能不能顺风顺水，只要到糊涂村去找人问一问，一定会有所收获；如果想提个一官半职，或者想挪个位置，到糊涂村去，一定能如愿以偿。

我知道，这纯属无稽之谈。因为，糊涂村，一没有在外为官掌握半点权柄的人，二没有出过一个足以用手里的银子直接将人砸晕的大富豪。

曾经有不明事理的人问我，"你知不知道糊涂村的那位世外高人？"我只能苦笑着回答，"我怎么可能知道？我只不过是一位名叫胡曰的教书匠而已。"我已离开糊涂村多年，与糊涂村相关的一切消息，都是从老七那里得知的。

我与老七是穿开裆裤的朋友，我只不过比他多念了几年书。不过，每次老七进城，总要到我这里坐坐，云遮雾罩地神侃一顿。其实，老七对我也有过意见，那年，我正读师范，老七突然跑到我们学校找我。我出来一看，哪里是什么老七，一个乞丐罢了，长长的头发，已完全结成了一块一块的，衣服又脏又破。我给了他两块钱打发他走,他接了钱,想说什么,但嘴唇动了几次,终于什么也没说,转身走了。此后,近20年都没有再见过面了。

前几年,老七突然又出现在我教书的学校,虽然穿着普通,但那神态,俨然有些志得意满。他送我一盒茶叶,说是自己种的,好茶,一般的人是无法喝到的。

我有些不信:"你这是什么神茶?还一般人喝不到?什么样的人才能喝到?这茶多少钱一斤?"

老七不悦地说:"就就就你不不把我当当一回回事,哼,不信信算算了,我这这茶,随随行就就市,看看人说说价,五五百是是它,一一千也是它。"他说完,就要将茶叶往蛇皮袋子里装。

我见他生气了,连忙将茶叶夺过来,说:"这么多年不见,你神了啊?你这茶,未必喝了能去百病?"

老七说:"你你说龙龙井喝了能能治什么病?铁铁观音喝喝了能能治治么病?还还不是——骗人的?"

我说:"是还是一回事,关键是他们为什么就要你的茶而不喝哪些名茶?你一年能销多少茶?"

老七笑而不答。

我想,外面盛传的世外高人,莫不就是老七?

老七说:"我算算算什么高高人,老操才算高高高人。"

老操我知道,那人厉害,虽然只比我们大十岁,但我们一班人都是他的下饭菜,我和老七就是在他的左吆右喝,骂骂咧咧中长大的。记得那时,老操常怂恿我们去偷老黑家的黄瓜和梨,结果是他坐在河边将战利品啃得津津有味,我们几个却馋得口水横流,还要被老黑的娘臭骂。

后来老操去当了几年兵,退伍后就在村里当了支书。

在我的印象中,老操那模样,与高人挂不上钩。高人应该藏而不露,神龙见首不见尾,或者干脆就像老七一样,神不隆咚,一副神经不正常的样子。

我突然想起一个人，与传说中的高人颇有几分相似，那就是老黑。老黑是一个篾匠，整天背着一个竹篓走村串户，一副波澜不惊的样子。看到他，总能让人想起某部电视连续剧中的武林高手，或者某部电影中的地下工作者。老黑与老操是一辈分的人，但他与老操是两种性格的人，虽说从外形上看他比老操不知彪悍多少，可一辈子被老操欺负得够呛，在老操面前却是不敢说半个不字的。老黑的婆娘长得极标致，但关于她的飞短流长却多得不可胜数，然而，老黑都能泰然处之。一个男人，如果能将自己婆娘的浪荡事当作寻常事的，不是软得扶不起来，就是心机奇深的人。

说到老黑，老七是最为不屑的，他脖子涨得通红地说："老老老黑是高高人？就就他？切！霉霉人还还差不不多。你你莫莫看看他牛牛高马马大的。"

不过也是，忍气吞声几十年，哪个高人能做得到？

前段日子，糊涂村出了一桩惊天大事，我对糊涂村的高人之说，开始有了一个全新的认识。这桩大事，与我有关，当然与前文中我所提及的老七、老操、老黑诸人均有莫大的关联，甚至还涉及南港县的头号人物——县委书记穆沙。

二

老七姓胡，单名一个来字，是我的本家，因为在糊涂村同族兄弟辈中排行第七位，所以从一生下来就被呼作老七。老七是个慢结巴，有时一个字要结半分钟，涨得面红耳赤，颈上的青筋几乎要爆裂，让听的人心惊肉跳，生怕他一口气憋不过来，喷一身血。

其实，老七早已是南港县家喻户晓的人物了。因为，一县的人都知道，他是穆书记的布衣宰相。

穆书记出行，最喜欢把老七带在身边，县里有什么重大决策，穆书记也常常要问问老七。比如说招商引资，比如说干部提拔，等等。

这是内部消息。

当然，这主要是糊涂村的内部消息，老七最喜欢把这些消息告诉糊涂村的人。

当然，糊涂村的人也不全信。每当糊涂村的人笑老七吹牛皮的时候，老七就会神秘地说："等等等着瞧瞧吧。"

果然，过不几天，县电视台的新闻就把类似的消息播出来了。

糊涂村的人还有几次从电视里看到穆书记视察时，老七就站在穆书记的后面，并露出半个身子，是一身黄军装、解放鞋，脖子上还系了一条领带。

后来，凡是老七说的话，糊涂村的人都信，说："老七，你真是神人啦！"

老七生下来就不是个凡人。

老七生下来的时候一脚把他的娘踹死了，老七的爹就天天喝酒，醉得像一只瘟鸡，东倒西歪，东村溜到西村。后来干脆就不回村了，听说是到县城里当"犀利哥"去了。

老七是靠吃他姐的奶长大的。

老七从小就不甘心被人骂是有爹娘生没爹娘教的野孩子，十岁的时候，竟一个人走路去县城找他爹，饿了三天，连县城的影子也没看见，就被公社的民兵将他送回来了。但他的那份倔劲还是把糊涂村的老少爷们给镇住了。

老七是在13岁的那一年，懂得了男女之事的。

那年，老黑娶婆娘，晚上闹洞房，因为老七还小，不能参与，他就偷偷上了老黑家的瓦房，将屋顶的瓦片揭开一个洞，钻进洞房的楼板间，伏在竹晒垫挡开的顶棚上听房。

那个年月，闹洞房可是村子里年青人最刺激的文娱活动，好久难得一遇，不闹个痛快是决不罢休的。不管多新鲜，时间一久，老七就有些待不住了。因为山村的土墙屋，屋顶不高，顶棚与床顶几乎贴在一起，老七在上面放个屁，都能把下面震到噗噗响，所以，即使手脚麻木，老七趴在上面也不敢动一动。

好不容易等闹房的后生们散去，屋子里却并没有静下来。老七有些后悔，他想，只能等这对男女睡着了再走。

可是，就是不睡，一会儿吭哧吭哧，一会儿咿咿呀呀，老猫嚎春般，听得老七全身发热。过一会儿，干脆将床板踢得哐当哐当，将床架子摇得吱呀吱呀，差一点将老七从顶棚上晃了下来。老七不知下面发生了什么事，他从顶棚上摸到一截竹棍，将晒垫顶棚杵了一个洞，将一只眼贴着洞往下偷偷一瞧，不禁吓了一大跳，一个蹦子站起来，这薄薄的晒垫顶棚怎能经得起老七这一蹦？啪！老七将顶棚蹦出个大窟窿，砰！又从窟窿里摔到榻凳上。

这一摔不打紧，把床上正忙活的老黑两口子吓个大翻滚！老黑从婆娘身上一个鹞子翻身，一丝不挂地到了房中间。那婆娘更是抖作一团，光着腚地从床上站起来，傻呆呆地望着这天外来客，张开的嘴半天没合拢。

老七一边用眼往兰花身子上瞟，一边龇牙咧嘴地说："不不怪怪我啊，是是这这鸟篾篾垫子不不禁蹦哦。"

老黑说："七结巴，你在干些么呢？"

老七说："老操操说，你床床上唱唱大戏，好好看得得紧，哪哪晓得是是光光屁股打打架哩。"

当弄明白是怎么回事，老黑笑得差一点岔了气，他走过来，拎着老七的领子就往门外走。

老七从顶棚上摔下来，小腿骨折成了三截，在家躺了七七四十九日。等到腿一好，竟从村外领回了一个疯婆子。

那女子比老七的姐还大，是个花疯。好的时候，能和人说几句话，疯的时候，将衣服脱了满村子晃悠。

老七说，他是从油菜地里捡到那女子的。他到油菜地里撒尿，看见了那女子。

老七一个激灵，撒了一半的尿就转去了。

老七和那女子将油菜花又滚倒了一大片。老七说，那是他平生最神魂颠倒的一次，虽然在后来的日子里，他遇到过几个不知比疯婆子正多少的女子，但都从来没有过那种味道。

老七将那疯婆子在村外废弃的茴窖里藏了三天。老七赶了她三回，硬是赶不开，只好将她带回村子。

后来，那女子被人领走了，听邻村的人一说，才知是一个花痴，每当油菜花开的季节，就准疯，一疯就脱了衣服满世界跑，见了男人就追。

13岁的老七，已尝到了少年愁滋味，他开始无法安分地在村子里待下去了。但凡邻村有什么热闹事，他总爱去凑一凑，特别是哪家有个白喜事，他总是第一个不请自到，帮人家放放鞭炮，打打响器。他不要钱，只图个肚子饱。人多的地方，女人自然就多，总会有些意想不到的收获。

有一次，他竟跟一个算八字的瞎婆子走了，并随那婆子跑了半年。

回来的时候，老七戴了一副墨镜。

他说，不是真正的墨镜，是一副一块钱的玻璃镜，用墨汁将玻璃涂得漆黑，这样，哪个也不晓得他的眼里有些啥。

老七回了糊涂村，40岁的老姐姐气得呕血，再也不肯认这个吃自己奶水长大的同胞弟弟，老姐姐放出话来："我没有这个辱没先人的老弟，如果他敢上我的门，我就一头撞死在村口的白果树上。"

老七平时喜欢到老姐姐家里蹭口饭吃，听了老姐姐传过来的话后，见了老姐姐就绕道走，生怕把老姐姐气死去。

老七还学会了拉胡琴。在无人的夜里，老七将胡琴拉得像怨鬼一样叫。

三

老黑叫胡黑牛，自然是黑了点，可老黑长得蛮俊，高高大大，浓眉大眼，特别是那嘴形，厚实且线条硬朗，性感十足，如果是现在的话，可算是个超级大帅哥。

可人背时，盐罐子里都生蛆。自从娶了那个婆娘后，尽是扯不完的麻纱，老黑这一辈子可算是倒霉透了。

糊涂村就两姓人，山这边姓胡，山那边姓涂，涂姓的女子多嫁胡家，胡姓的女子多嫁涂家，称作扁担亲。老黑姓胡，他婆娘自然就姓涂了。

老黑的婆娘涂兰花，在结婚之前可真是个漂亮得要命的女子。沉鱼落雁，倒是说不上，因为糊涂村山高水浅，河里除了石蛙螃蟹，山上除了野鸡斑鸠，根本就没有鱼和雁。但另一点，是绝对可以相信的，糊涂村不管是谁家的恶狗，不管是在打架还是跑草，只要一见了兰花，立马摇尾静声，欢欣雀跃。还据说，兰花身上有一股香气，能让人迷失本性。有一天半夜里，村子里突然爆发出一阵喊山一样鬼嚎，把一村的狗都从睡梦中吓醒了。村子里几个胆大的，在村前村后找了半夜，才从兰花的窗台下拉出来一个人来，竟然是公社张书记。张书记不知被谁家夹野狗子的铁夹子夹了脚脖子。张书记说，不知怎么搞的，自从到糊涂村检查了一回工作，竟得了梦游症。后来，兰花的哥哥被调到公社当了炊事员，兰花也被调到公社供销社，但一年后张书记因经济问题垮了台，兄妹俩只好重回糊涂村。

兰花26岁才嫁人，嫁的人是老黑。

因为老黑家穷得做破锣响，而兰花本就是窗台上的一面破锣，名声在外，歪锅对歪灶，你不嫌我穷，我不嫌你破。

坏就坏在洞房之夜老七那一摔，将老黑的人生摔得乌七八糟。

兰花正使出浑身解数，将老黑整得天昏地暗，没想到天外来客，将老黑惊出了毛病。等老黑将断了一条腿的老七掼出门外，猴急马跳地上床想返一回工时，任兰花吹拉弹唱，那物件就是如一条吸饱了的蚂蟥，东扶西歪，不听使唤了。

这事，让本来还有几分高调的老黑，在兰花面前一下子低了一个坡度。

好在老黑有一手篾匠活，谁家要做个竹床，编个簸箕筛子，打个箩筐茴篮，都不在他的话下。别看他五大三粗，手脚功夫却细腻得很，从他手中出来的货色，又精致又耐用，所以，村子里的婆娘都愿意叫他到家里干活。因为老黑的手艺，兰花比别的女人做活少，手里却比别人宽裕，什么香水、雪花膏之类的女人用品，家里是应有尽有。这样一来，兰花总算找到了一点平衡。

老黑在外做手艺的日子多，一些剧有用心的婆娘希望老黑多做活又不要钱，所以常常用话逗引他，甚至用一些圈子套他，无奈老黑知道自己的长短，不敢自讨没趣，去探别人的深浅。这倒让这些不明真相的婆娘们更恨他三分、爱他三分、敬他十分。只要老黑到家里来做工，不是杀鸡就是剁肉，又是递烟又是筛酒。

老黑在外的日子像神仙一样，兰花在家的日子更是舒坦。可老黑毕竟是男人，虽然那事不行，但心里还是做不到不想。所以隔三岔五还是回一趟家，与婆娘做做手上活，练一练嘴上功夫。

一天，老黑从邻村做工回家，把自己的婆娘和老七按在了堂屋的竹床上。

这一年，老七满打满算已是 18 的小伙子了。

老黑一根牵牛绳将这对用男女连竹床绑在一起。

被绑住的老七，还不忘将那又黑又瘦的屁股上下乱拱。

老黑简直气疯了，他从篱笆上抽出一把竹丫子，将老七上上下下抽了几十下，一盆辣椒盐水泼下去，痛得老七哼不出半个屁来。倒是老黑婆娘杀猪般地号叫起来，原来那一盆水，顺着老七的身子，进了另一个渠道。

老黑婆娘一边鬼叫鬼嚎，一边骂："天杀的老黑咧，斫老壳的咧，谁叫你冇用嗒——"

老黑婆娘的一句话，倒是提醒了老黑。只见他从门旮旯摸出一条扁担，就要往老七身上砍，"要不是那天晚上让这个小畜生一吓，我会冇用？今天这羞事一定要有个了结！"

正当老黑将扁担抡过头的时候，老七说："老老黑，你那窝窝窝里都绿霉篷篷了，这么好的婆婆婆娘不借借给人人家用用，难道要要让她她她也毛荒荒草草乱长刺刺篷啊？"

老黑举起的手僵住了。

老七在床上又趴了一气才能下地行走，据说从背上掉在床上的血壳子扫了半撮箕。

老七觉得自己太失败了，并且败在霉人老黑的手下，真是无脸见地下父母。老七决定，一定要出外闯荡一番，不混个人模人样，决不踏进山门一步。于是，在一个月黑风高的夜晚，老七毅然决然地离开了糊涂村。

四

老操当村支书之前，糊涂村的干部都是由几个男人轮流坐庄，有的人轮到坐不了三天就卸肩一丢，懒得咸萝吃卜淡操心。老操从部队退伍后，这支书位置自然该轮到他了。可老操当上村支书，就再也不愿下来，并在村支书这个位置一蹲就是20多年。他曾得意地说："什么是高人？我就是高人！"

其实，糊涂村除了女人和小孩，谁都比他高。

老操活脱脱就是一副大磨盘。不知为何，当了三年兵，除了更像磨盘外，也没见他长高一丁点，一坨石滚子进去，一块石磨出来。不足五尺高的个子，又横又黑，走起路来左摇右摆，上坡基本靠爬，下坡基本靠滚。

老操真正的高人之处，是做事从来不露声色。糊涂村有句俗话："矮子矮，一肚崽。"又说："会叫唤的狗不咬人，咬人的狗不叫唤。"

老操就是那种不叫唤的。就说村里山林承包到户那件事，当年，联产承包政策到村，老操就是一声不吭地将村子里山林的肥瘦摸得实打实，做好了承包方案后，才把上面的政策抖出来。新政策出台，老百姓心中没底，怕又像土改那阵，政策一变，山林充公，落个四类分子的成分，所以，都由老操一个人做了主。自然，好山好地都进了他的账。当几年下来，政策一年比一年稳，山上的楠竹树木都变成一沓沓硬扎扎的票子，村里那些胆小怕事的后悔也晚了，眼睁睁看着老操起了小洋楼，买了彩电、大卡车。

老操的婆娘叫涂芝桂，比老操高出一头，却在老操面前服服帖帖的。

老操和芝桂对上眼，在糊涂村曾出过一个很大的笑话。

那时还没有包产到户。糊涂村出工都由老操排工。一次，老操看芝桂牛高马大，就安排她与男劳力一起上山砍楠竹，芝桂觉得老操不公，就与老操顶上了，以至发展到对骂对打，芝桂站在村口的白果树下，一手叉腰，一手指着老操的鼻子大骂："你这个矮子崽，欺负到老娘头上来了，老娘芝桂，还怕你胡操不成？"

老操见她骂，也不示弱："老子胡操，还怕你芝桂？"

"老娘芝桂，不怕你胡操。""老子胡操，不怕你芝桂。"一声比一声高亢，引得全村男女老少来围观，弄得围观的人笑掉了下巴。当她们回过神来，明白对骂中出的笑话，两个都羞得要死。

当天晚上，胡操把芝桂约出来，摁倒在河洲上了。

老操比老黑大了一巴掌，结婚比老黑早，婆娘比兰花丑。老操说："丑婆娘别人看都不想看，硕丽婆娘让人看了还想看，你说哪个好？"

兰花从公社当了一年营业员，回到村里是肩不愿扛背不愿驼，下雨刮风怕湿脚，老操就让她当记工员，每天到村口白果树下站一站，一天八分工分就到了本子上。

当然，兰花的工作不只是记工分，半上午或半下午还要到村部陪老操办公。

一天兰花去村部履行公务，刚好村部就老操一个人。兰花一见老操，脸就红了，因为老操只穿了一条裤衩躺在竹床上，一边摇着一柄蒲扇，一边哼着小调。见兰花面如桃花地站在面前，老操一挺身子从竹床上跳下地来，后脚一钩，将门就碰上了。

后来，是老操做媒，将兰花嫁给了老黑。

不是蚂蟥缠住了鹭鸶的脚，而是老鸦爱那一口臭肉。鹊巢鸠占，不是鹊巢有多舒适，而是老鸦老心瘾。老操占了老黑的地盘，甚至等老黑回来了还不肯挪窝，这就为自己埋下了祸根。这是后话。

但老操日后所有的风光，都得搭帮老七。

五

三年后，老七回到了糊涂村，已是判若两人。

后来老七告诉我，他遇到了真正的高人——一个得道还俗的和尚。老和尚给了他一个锦囊，并给他开了天眼。

老七在糊涂村做下两宗大事，让他在糊涂村的名声大振，使他在大伙心目中的地位也水涨船高。

第一宗不可思议的事是用一道咒符将老黑家的一棵百年老梨树咒死了。第二宗不可思议的事是用一碗神水将老操家一头死了的郎巴子野猪起死回生。

回村后的老七在村里扬言，他不仅可以知人三世，还可以三日之内让人死，三日之内让人生。糊涂村的人都说老七不是脑壳进了水，就是心智迷糊说疯话。老操还说，老七在外浪荡了三年，只怕是混成了神经，今后，糊涂村的人要是与他讲话，都作神经对待。糊涂村人爱把疯子叫作神经。

老七就说："因为所所所以，不信可可可以。我不拿人人人做实验，你你你们随便指指指一物件，我一道道道灵咒不把他贴贴贴死，我是你你你们众众众人的崽！"

老黑对老七本就气不过，看他如此狂言乱语，就说："七结巴，你有本事，把我屋门前的这棵百年老梨树贴死了，我把婆娘送你三天，还好酒好肉给你补身子。"

老七大笑，说："大大大伙听明明明白了，这可可是老黑白白白齿红红唇说的话，我要没一贴贴死死那那树，我我顶盆戴孝孝给你送送终。"

大伙在旁边听得开心，有的给老黑鼓劲，有的给老七助威，还有人从家里拿出纸笔，将刚才打赌条款白纸黑字写下来，交由二人签名画押，再放到家里保管。

一切妥当，老七就从胸口掏出一张黄表纸，用牙咬破中指，在那纸上一顿乱画，口中呜呜哇哇，一口痰吐到纸背，最后一个箭步冲上去，啪的一声将那纸贴到树干上，再绕树走了三圈，说："这树已已已成了精，三天怕怕怕是很难得贴贴贴死它，给我五天天天时间，一准死死死翘翘。"

老黑说："五天就五天。"

第三天，树果真就开始发蔫了，第五天，一树葱茏的叶子竟全枯了。

老黑像那梨树一样蔫了。不过，老黑到底是否将婆娘送给老七日三天没有，大伙不得而知，反正老七在老黑家里敞开肚皮好酒好肉吃了三天是事实。有好事的人问老七："老黑兑现承诺了吗？"老七笑道："这这是隐隐隐私，无无可奉奉奉告告！"

老操在村里是支书，也是首富，早过万元户了。但老操的婆娘芝桂却非常勤快，喂了三只猪婆，老操从山上捕了一只野郎猪回来做种猪，猪婆生的都是野猪崽。

一天清早，芝桂起来给猪喂食，发现那郎巴子躺在地上，口吐白沫，不管她怎样叫，就是无动于衷，用手拉一拉，也毫无反应，芝桂吓一跳，忙叫老操过来看看，老操从床上蹦起来，一边系着裤带，一边打着呵欠，骂道："早上也不叫人睡个安稳觉，号个么子丧？"

婆娘说："这只郎巴子不知咋搞的，叫它它不应，拉它它不动。"

老操说："冇用，进去瞄一下不就知道了？"说完，就一步跨进猪栏，用手到猪的鼻子底下探了一探，说："怎么搞的，这郎巴子怎么就死了哩？"老操婆娘一听，一屁股坐在猪栏边，一声娘一声爷的号啕大哭起来。

随着老操婆娘高一声低一声的哭叫，老七一边用手揉着眼角的眼屎，一边说："是娘死死死了还还是爷爷爷死了哩？这么伤伤心？"

老操一听，气不打一处来，骂道："七结巴，放你个狗屁，你死了我爷娘都不得死！你少胡说！"

老七笑嘻嘻地说："是是你你家婆娘娘在哭爷喊喊娘哩，骂我何何解？该不不是⋯⋯"

老操婆娘生怕老七一大清早会说出更不吉利的话，忙停了口中的哭诉，接住他的话说："是我家的郎巴子死了咧！"

老七一怔，说："只死死了一只只嗒？没没全死光光吧？"

老操两公婆气得接不上嘴。

老七说:"让让我给给你们看看,说说不准我能帮帮帮你救救过来。"

"早断了气,身子都快凉了,你就莫扯白,你帮我弄出去杀了卖到外村去是真,怕还救得几个钱。"老操说。

老七翻身进了猪圈,蹲到那死猪跟前,用手翻了一下猪眼,说:"我画画画一碗神神水,用用管管子灌灌进它的肚肚子,包起起死回生。"

老操不信,老七说:"去去取一只碗碗,打打一碗水。如如果没没救活你你的猪,我我抵抵命。"

老操的婆娘听了,半信半疑地用碗从水缸里舀了一碗水递给老七。

老七说:"老操操操,你去去打钟,把村村子里的人都都叫过过来,让让大伙伙给我做个见见证,让让我死死个明明白白。"

老操说:"好!就让你死个明明白白,不然你自己疯死了还说是我弄死了你。"

当老操找来村子里胡涂两姓中几个脑壳省事的人,老七已将神水画好了。

大伙七手八脚地帮着老七将神水从猪鼻子里灌进那死猪的肚中,一盏茶的时间,只听得那郎巴子肚中梭楠竹一般咕嘟咕嘟一阵响,嘴里吐出一股白沫,接着便哼唧了一阵,竟奇迹般站了起来。

老操望着那猪,半天没缓过神来。

老七笑嘻嘻地说:"我老老七牛皮没没吹破破吧?"

老操说:"哎呀,七结巴,你神了!真是神了!服!老子服你!"

这两宗大事,不仅让老七在糊涂村名声大振,就是方圆几十里,都知道了老七的名头。

六

穆沙大学毕业后，作为选调生，被分到龙窖山乡人民政府任行政办秘书，因为行政办曾主任只是个中专生，生怕穆沙超过自己，所以凡事都踩他一脚。开年，乡政府在分配干部到村办点时，就将他分到全乡最偏远、最穷、人口最少的糊涂村。并事先向糊涂村村支书老操打了个招呼，将他放到最易出问题的人家供饭和住宿。

于是，老操将穆沙放到了老黑家里。

按说，兰花嫁给老黑后是各得其所，但兰花偷人似乎也是有瘾，在家做闺女的时候，公社张书记也好，村支书老操也好，那是被逼无奈，可后来发展到连老七也要，甚至在糊涂村还有老三老四、老石、老木，那就只能说也是一种心瘾了。

开始几天，都相安无事。可是，过了正月，老黑就要走村串户去做手艺，这问题就来了。

穆沙人长得帅，用糊涂村的话说是长得格外"日衰"，1.78米的个头，又白白的，名牌大学毕业的，风度气质更是没说的。老黑在家的时候，兰花心里就痒得难受，老黑一走，那婆娘就更秤杆子压不住砣了。

吃饭的时候，兰花不是夹菜就是劝酒，还故意将胸口的两粒扣子不扣，里面又不穿小褂，让两只肥硕的乳房在那夹菜劝酒的当儿，在穆沙的眼皮底下荡来荡去。那白晃晃的东西，耀得穆沙怕抬得头睁得眼，只好由她去了，自己只顾低头一顿乱吃，吃饱喝足了，碗一推，面红耳赤地出了门。

晚上，穆沙回到老黑家，心里往往是十五个吊桶打水，七上八下，不知兰花又要耍出什么令人作难的事。

有一天晚上，穆沙正躺在床上看书，突然听到隔壁一声惨叫,他外衣都来不及穿,只穿着一条短裤从床上蹦下来,就往隔壁房间冲。当他急急地将门一推,只见门是虚掩的,房里灯是亮的,正对着门的床上却是空的。穆沙怯怯地跨进门,只听门"吱呀"一声从背后关上了。穆沙一惊,转身看时,只见兰花站在门后,正对着穆沙的后背笑呢。在转身的一瞬,兰花的身子几乎就贴在了穆沙的胸口。穆沙的心一下子爆裂成了无数片。

穆沙别过脸,拉开门,逃命一般跑回自己的房间,倒在床上,半夜心里都怦怦直跳。

第二天一大早,兰花叫穆沙起床吃饭,穆沙不敢答应。他在床上磨蹭了半天,等兰花出了门,才从屋里出来。兰花准备的酒糟冲鸡蛋在桌上凉了,穆沙也不敢吃。他匆匆忙忙收拾好东西,一个袋子提到了村部后,跑到老操家里,要求老操给换一户人家。

老操笑嘻嘻地说:"什么事啊?是不是兰花那婆娘昨夜吃了你?"

穆沙红着脸说:"不不不是,是我住那有些不方便,也不习惯。"

老操说:"不方便?有什么不方便?饭有的吃,水有的用,床铺干干净净。再住一段时间就习惯了。"

穆沙说:"给换一个地方,实在不行我就住村部吧?"

老操说:"年轻人要经得起考验,再说,你是领导,领导总不能在生活上讲条件吧?"

穆沙心里恼火,又不敢发作,只好提着袋子又回到了老黑家。

一次,乡政府开例会,各下点干部汇报各村的情况,轮到穆沙发言,穆沙准备将情况反映给领导,又不知如何启齿。行政办曾主任就开口道:"穆秘书,听说你在糊涂村住的是一户男人长年在外做手艺的人家?湿没湿脚呀?"

穆沙一听，心里的火呼啦一下就往外冒，他早知道把他安排到糊涂村是曾主任个人的意见，把他安排到老黑家也是主任使的坏，只是这样的事没办法说。他穆沙也不是个等闲之辈，如果他穆沙是轻易能中别人圈套的人，怕早就下了水，今天主任主动挑出来说事，就回应道："我在糊涂村听人说，曾主任在糊涂村办点的时候，学习非常认真，最喜欢读报纸，不知曾主任愿不愿向大伙汇报一下报纸上有一些啥新闻？"

乡长的话一落，曾主任脸就涨得通红，说："别听小穆乱喷，糊涂村的话，十句有一句当得了真就不叫糊涂村了。"

穆沙回到糊涂村，当晚就出了大事，被村子里的几个青皮后生捉奸在兰花的床上。

穆沙连夜组织村干部开了一个会，布置计划生育半年攻坚会战。散会后，村委会几个人打了一只跑草的野狗子，煮了一大锅，买了几斤谷酒，硬是把穆沙灌得五胡子不认得六胡子，最后被送到了住处，不知怎么搞的，快天亮的时候，竟被几个青皮将他一丝不挂地从兰花的床上拎了起来。

事情闹到老操那里，老操说："穆秘书以酒乱性，他是领导，我如何处理得？只好报乡政府。"

老七听说后，跑到老操家里，指着老操的鼻子骂道："你你，是是傻傻还是疯疯疯啊？穆穆干部是什什么么人？那那是圣圣人，你看看看他的长长相，是是凡凡人吗？今后后是要要做做大大事的。"

老操对老七的话是信得五体投地的，就把老七拉进门，将门一拴，说："老七，你这话当真？不诓我？"

老七说："我我的天眼眼早看看到了，坐的漆黑的小小轿车，前前呼呼后拥，不不是省省长也是市市长。"

老操忙在老七的肩上拍了几下，说："老七，兄弟！这事你就莫当别人说，就我们兄弟俩知道。"

老操将老七送出门，连忙穿好衣服，急匆匆地跑到老黑家，指着几个青皮后生一顿臭骂，并扬言："这事就到此为止，如果有谁敢将这事说到村外去，老子将你们祖宗十八代的坟全挖了。"

就有人小声笑道："我们祖宗十八代就是你祖宗十八代哩。"

老操正色道："正是，老子祖宗十八代都不要了，你们哪个还敢放一个屁？"

老操当天就将穆沙接到自己家里，吩咐婆娘收拾了最敞亮的房子，安排他住下，并好酒好肉侍候，让穆沙像是回到了家里一般。

晚上，穆沙与老操促膝谈心，老操说："兄弟，你虽然是领导，但我还是要喊你声老弟。今后，对人可要防着点，人前七分假，莫道三分真，三步之内有险恶，三人相伴有小人啦。不过，在龙窖山外我说话不起，在糊涂村，我就是天，在龙窖山乡，我还能转得动。有事，你老弟莫怕。我知道你是知识分子，有些事说不出口，今后，我就是你的舌头，我就是你的腿，我就是你的手指头。"

穆沙感激道："大哥！你是我真正的大哥！关键时刻救了我一把，终生难忘！今后，不管我办多大的事，但凡大哥你吱一声，只要我能办到的，就没有你不能办到的。"

后来，不知是谁把老七的话传到了穆沙的耳中。穆沙对老七心存感激，就亲自登门拜访了多次，老七给穆沙开了一回天眼，描述了自己眼中的幻境，穆沙听了，窝在心里的委屈就烟消云散了。穆沙又听说了老七一道符咒死了一棵百年老梨树，一碗水救活了一头死了一天的郎巴子野猪的事，对老七更是另眼相看。

七

穆沙在糊涂村办点，为糊涂村办了几件实事：第一件事是利用同学父亲的关系，将糊涂村通往外界的公路拓宽了；第二件事是找县广电局支援修了电视转播塔。几件事办下来，老百姓对穆沙赞不绝口。以往，在糊涂村最难搞的是计划生育，一搞计划生育，婆娘们就骂骂咧咧："又冇戏看，又冇电视看，只那事好玩一点，你还不让干，那不是连畜生都不如了啊？"有一年，还因抓计划生育不力乡里书记、乡长被撤职一大片。所以，分派办点干部，谁也不愿被派到糊涂村。

在穆沙来村办点后，婆娘们要上环的上环，要结扎的结扎，没出一点问题。

县里领导到糊涂村检查工作，看到村子里的变化，大加赞赏，并当着穆沙的面对乡里的张书记说："穆沙这小子，不错。"

县领导一走，张书记就找穆沙谈话。

事后，穆沙心情那个舒展，如蜜化到心尖尖上。于是，穆沙悄悄把老七介绍给了张书记。

老七走进龙窖山乡政府大院，是一个下雨的黄昏。

进入政府大院，特别是进入张书记的办公室，老七还是第一次，所以有些不自在。没想到张书记一见老七，就随手将老七手中的雨伞接过，并要和他握手，老七也是跑了几年江湖的人，很快就调整了心情，很自然地就和张书记对接上了。

张书记说："老七，我们穆干部在糊涂村，你可是给了他许多支持，政府可要感谢你呀！"

老七也不接张书记的话，劈脸就说："张书书记，你你这这院子可可不好！要要出大事事的，而且且对你极不不利。"

张书记一听，立马变了脸色："此话怎讲？"

老七说："听我我是一一句话，不听听我也是是一句话。"

张书记望着老七，沉吟着，不知如何说。

老七将身子往张书记面前靠了靠，说："我是是小老百百姓，冲冲撞了张书记莫见见怪。"

张书记说："你说。"

老七放低声音说:"你这这院子,进门门正对对一棵樟树,本本就不不好,可不不到三尺就就分权,是分分庭抗礼的意意思,自古右边为大,右边那那树权是你,左边边是谁我我不知道,可左左边的树树权比右边边的大了许许多,是小小人得得志,要要害你哟。"

张书记听了一惊,在心里思量:"这两年,乡长与我不和,还常常打我的小报告,没想到这老七一眼就从一棵树上看出了端倪,果真是神人。"但他不敢把心思表露出来,便说:"一棵树嘛,怎么能乱说。"

"真真人面前莫莫说假,你信不信信是你你的事,说说不说,是是我我的事。告告辞。"老七说完,就要起身走人。

张书记一把拉住老七,说:"莫走莫走,不是不信,是不敢信,同门为官,想同舟共济啊。不过害人之心不可有,防人之心不可无。老七,你教我一个破解的法子。"

老七听了,重又坐下,说:"如若若信我我,我请一道道咒,将那左权权权制制一下,别别的,你你自自己拿拿主意。"

张书记说:"如何制度?"

老七说:"明明夜半半夜,我我再来,院院子莫莫落落锁,我自自有办法。只需一道道符。"

张书记说:"不要有痕迹。"

老七笑笑,起身走了。

张书记心里忐忑得紧。

不到一个星期,乡政府院子里的那树,左边的那一棵海碗粗的枝权,竟莫名其妙地枯死了。

乡政府院子里的树莫名其妙地枯死,在乡政府引起了不小的轰动。种种谣言在院子里盛传,其中私下里传得最火的是,糊涂村有一位叫老七的神人,被张书记请到乡政府看风水,神人老七一见那樟树就大吃一惊,又见了书记,他一见书记的面转身就走，拉都拉不住。说樟树是乡政府的风水，樟树的两根杈代表了书记和乡长。大的那枝，必然要出问题。现在，大的那根杈果然突然死了，不是预示书记要出问题了吗？有的人信了谣传，竟然与张书记疏远起来，生怕受了连累。还有几个平时与张书记走得较近的人，开始向乡长这边靠，因为大家都相信，只要张书记一倒台，上的肯定是乡长。

两个月下来，张书记把乡里几个人都看穿，原本想委以重用的人，他一个个都淡了心。

一天，张书记将穆沙和老七请到县城的一个宾馆，感谢穆沙给他推荐了神人老七，不仅帮他破解了迷局，还让他看清了人心。

晚上，张书记叫了几个菜，两瓶二锅头，让服务员送到房间里，三个人推杯换盏，直吃到半夜。老七不胜酒力，只二两酒就倒在床上，吹鼻打鼾，不省人事。

张书记见老七醉了，就对穆沙说："这个人，不要看他没读什么书，江湖的道道，精得很，要在近与不近之间。"

穆沙连忙说："对对对，张书记才是神人。"

张书记笑了笑，说："和你接触不多，你知我心。"

穆沙说："还望张书记多多栽培。"

张书记说："不必多言。"

半年后，乡长因与乡广播站播音员的作风问题败露，被撤职调离。

原副书记任代乡长，原副乡长代副书记，穆沙代副乡长。

八

老操不仅能在不知不觉中把糊涂村的事给办了，就连县里的一些事也能在不知不觉中给办了。

年初县里科级干部大调整，有几个副科拜到老操的门下，硬是被转了正。还有几个局长想挪窝，也找到了糊涂村，后来任命文件一下发，都事如所愿。

糊涂村成了一方圣地，常常有各种不同的小车趁着夜色进出。

畜牧局局长朱文，也是人背倒霉，从上任起，没有哪一年不是猪死就是牛发瘟，炭疽病一过，禽流感来了，禽流感还未走远，又来个猪流感，一年到头闹得个头昏脑胀不说，还尽挨批，还有几次因为预防不力差点问责免职。为了把工作做在前头，去年春上，他指令局下属机构兽医总站进了一批崽猪疫苗，免费发给全县养猪大户对各自崽猪进行接种，不想好心竟办成了大坏事，凡是接了种的崽猪，全部死了。这可不得了，所有养猪大户集体上访，要求赔偿损失不说，还要求追究责任。说什么如果"猪瘟"一日不下台，将会猪无宁日。这可是一个重大涉农事故，弄不好连县领导的帽子都保不住，为了平息事态，好向养猪大户们有个交代，县政府成立了事故调查组，经过一个星期的追查，原来是兽医总站站长得了商家好处，弄了一批假疫苗。这下可好，问责！兽医总站站长被刑拘，"猪瘟"大局长工作失职，行政记了大过一次。

朱文坐在畜牧局局长这个位置，整天如坐针毡，如履薄冰，这次大调整，他可是如碰上了一根救命稻草，拼死也想抓一把，把那个长满了毛刺的屁股挪一下。可是，畜牧局是一个什么地方，大伙都知道，没出事的时候，领导屙尿都不愿朝着那方向，出了事，就是一根牛鞭"啪啪啪"尽往没肉的地方甩。要办事，总不能光屁股进门吧？朱文那个愁啊，只差找一根系牛绳往穆书记办公室门口的防盗门上一挂了。

不知是受哪位高人的指点，在一个周末的晚上，朱文独自一人开车闯到糊涂村，拜见老操。

一见老操，朱文就一把鼻涕一把眼泪的诉苦诉冤，弄得老操没奈何，只好将老七拢来，先让老七开一回天眼，看看朱文的运程。

老七一进门，看到朱文，先是一愣，然后转身就走。

老操忙说："老七，你走么哩？人还没看呢。"

老七一边提脚迈门槛，一边说："看看看不得。"

老七那副神情，把朱文当场就吓得差一点溜到地上去。他颤颤地说："神人，你可要帮我一把！"

老操走过去，抓住老七的胳膊，说："老七！你不看僧面看佛面，给朱局长指点一下迷津！"

半天，老七才极不情愿地转过身，坐到沙发上。

老操把朱文的情况详细地给老七说了一遍，老七说："不不需需需要多多说，我我已知知。畜畜畜牧局局哪哪是你你能待的地地方？你你印堂堂暗暗无天天日，还还要出出大事，如果不不制度度一下的话。"

"神人，你你可要帮帮我。"朱文也有些结巴了。

老七翻了朱文一下白眼，说："六六道轮轮回，你你本本该落落在畜畜界，是是你性性本善善良，才才落落到人人界，但但还还是要要与畜畜界搭搭边，就就落到朱朱家，朱朱者，猪猪也。可可么事取名名叫朱朱文呢？不不是'猪猪猪瘟'吗？逆了天天意啊！孙孙孙悟空本是该落落落到仙仙界的，结果一不小小小心落到畜畜界，变了猴猴子，后来被召到天上，玉玉玉帝给的官官职是弼弼弼马温，因为猴猴子身上的气气味可以让天天马不得瘟瘟病。你你如果在朱朱的前前加加个弼弼字，还还算合合适。"

朱文一听，知道姓氏是没法改了，脸色就有些黯然了。

老七说："我我帮你制制度一一下，破破破了那律条。但关键还是是要老操帮帮你跑跑路子。两两相照照应。"

朱文马上欢喜起来，期待地说："只要能挪一个比这稍微好一点的位置，你们就是我的救命恩人，到时，定不会忘了你们！"

老操说："我们尽力试试，不成也不能怨我们，毕竟我们是小老百姓，手里冇得四两金刚钻哩。"

朱文说："怎么会呢？搞不成，只能怨命啊。"

老七说："今今日是阴阴历冬月十十四，你你18日上上午9点到书记办办公室找找他，我我在那里，你去去后看看到我，就就当不认认识，也也别别说要要挪挪位置的鸟鸟鸟话，随便说说两句句就就走，我要看看看你是不是与与书记是相相生还还是相相克。"

朱文得了老七的安置，心里就有了底气。

18日上午9点，朱文准时赶到穆书记办公室，敲门进去，果真见老七坐在沙发上，与穆书记扯筋捏白，就连忙假装要退出，穆书记就说："是老朱呀，快请坐，最近情况怎么样？"

朱文瞟了老七一眼，小心翼翼地说："还不是托您的福，现在各项工作还是比较顺利。"

"工作有了起色就好。"穆沙轻描淡写地回应了一句，又把目光投向了老七。

朱文忙说："穆书记，您忙吧，我下次再向您做汇报。"

穆沙说："好好好，那我就不送了。"

朱文唯唯地退了出去。

朱文一走，老七就说："这这个人是哪哪里的，霉霉气蛮蛮重呢。"

穆沙听了微微一笑，说："如何见得？"

老七说："他他的印堂塌塌进半粒粟米深了，再加加上人人中平平，不霉霉才怪。"

穆沙笑道："你这老七，一眼就把他看死了。"

老七一笑："这这个人如如果与牲畜打打交道，不不不是猪死就就是牛发发瘟！"

穆沙大笑："神！神！老七，你真是神了！老七，你知道他是谁吗？畜牧局局长朱文！这几年，他当畜牧局长，真见鬼！不是禽流感，就是猪流感！这次干部调整，正准备让他到政协去休息哩。"

老七说："朱朱文？难难怪哩，让一个猪猪瘟管管猪，不发发瘟才怪！不过，我看看这人，就就是管管猪不行，其他的位位置，都都行。"

穆沙说："说来听听？"

老七说："你你看看他的耳朵朵没有？招招风耳！下下下颌，细细又圆，线线条柔和，鼻鼻头圆润，这这叫男生女相，太太监是是干什么的？侍奉皇皇上啊，这都都是旺旺上的像啊，若若是放在别别人手下，不不是好事事给了别人？不如就就放你你贴身的位置。"

穆沙沉吟了片刻，说："我考虑考虑。"

一开年，县里人事安排的文件下来，朱文被调任市委办主任。

九

老操果真坏了事。

老黑那条闷骡，不声不响一蹶子把老操踢到了阴沟里。

老黑背着竹篓走村串户给人做手艺的日子越来越少了，不是因为年纪大手艺生了，而是因为需要请他做事的人家少了。不要看龙窖山天高皇帝远，其实与外面的世界还是贴得很近的，山外的日用品既精致又好用，谁还用又粗又笨的竹器？

自婆娘兰花当了糊涂居的经理之后，老黑就在山庄里做一个土厨师。所以，凡山庄来了客人，来了什么样的客人，老黑一清二楚。一开始,老黑并不知道这些客人到糊涂村来做什么,直到有一天,兰花打发老黑到一位客人房间收拾餐具,才发现其中的猫腻。

那是一个夏日的夜晚,老黑照吩咐去客人的房间,正准备敲门,却发现那门是虚掩着的,那客人正与老操说话,他从门缝里往里一望,只见桌子上方方正正放着一包用报纸包着的东西,老操盯着那纸包,不紧不慢地说:"这东西,我暂时替穆书记帮你保存着,待事情办好了再说,当然,我会安排老七到书记那里去,你得准时去找。按我说的去做。"

客人说:"好的好的,一定一定。这只是给书记的一点小意思,成功与否都没关系的。若是事情办成了,再定当重重谢你。"

老操说:"你要把好嘴巴关,于你于他都有好处,我无所谓的,老百姓一个。"

客人说:"那是当然,多少我也混到这个份上了,一切心照不宣。"

老操站起来,将桌上的那纸包往胸口一塞,说:"你休息,我走了。告诉你,老七那灵符厉害得紧。"

客人也起身与老操握手,老操将手一挥,说:"走了。"

老黑弓在门口,听得一头雾水,见老操往门外走,吓得赶紧躲到走道另一头的暗处。

老操走下楼梯,大摇大摆地离开了糊涂居,老黑愣了一下,也不去收拾房子了,悄悄尾随着老操,他想看个究竟,到底那纸包里包的是什么。

老操没有径直回家,而是从衣兜掏出手电,往后山去了。

老黑亦步亦趋地远远地跟着。

老操在老七曾经藏过花疯子的那个废弃的茴窖前停了下来,从腰间掏出一串钥匙将窖门打开,钻了进去。当老操一钻进茴窖,老黑就摸过去,扒到窖口,偷偷往里望。茴窖是斜着往里挖的，深约两丈，依着一架木梯上下，是村里搞集体时藏茴种的地方，已经弃置了近30年，一般的人是不会光顾的，不知何时老操给加上了窖门，且落了一把大锁。老操一下到窖底，从窖边的一抱豆蒿里翻出一只铁箱子，在铁箱子上坐了约莫一支烟的工夫，才将铁箱子上的锁打开，铁箱子里是一箱炭灰，老操将炭灰用手扒开，里面又露出一个木箱子，老操再将木箱子打开，这一开不打紧，差点把老黑吓得心从嘴里蹦了出来。只见里面整整齐齐码着一扎扎百元大钞！老操掏出其中的一扎，放到鼻子底下嗅了嗅，又放回原处，再从胸口的衣襟里将那一个纸包掏出来，将纸包打开，又是整整三扎，老操数也没数，就将它放进箱中，并从箱子里翻出一个学生作业本，在上面记了一笔，关上、落锁，用炭灰盖上，再盖上铁箱，落锁，又将锁拉了几下，再用豆蒿将铁箱盖上。

见老操准备从窖里上来，老黑压住怦怦直跳的心，连滚带爬地下了山。

一连几天，老黑卦把自己关在家里不肯出门，连兰花让他出来给客人做饭都不肯，自然是被兰花骂了个狗血喷头。

一天上午，老黑突然找到我，把我拉到学校的操场一角，小声地问我："收人家的钱财算不算犯法？"

我说："那要看情况。"

"比如说，我帮人办成个事，他送我一点钱，算不算？"老黑问。

"那当然不算。不过，你一个老百姓，能帮人办成么事？"我笑道。

老黑似乎有些气馁地说："我只是打个比方。"

我见他那样子，有些奇怪，不知道为何问我这个问题，便问："还要看你帮人办什么事，收了多少钱。"

老黑一听，马上来了精神，说："如果是帮人跑官，收的钱又多呢？"

"这可是个大事，要坐牢的。你不会……"我感到莫名其妙，一个乡里篾匠，莫非还异想天开，想出钱买个小官当当不成？不会是被人欺负疯了吧？

"要收多少钱才会坐牢？要坐多久？"老黑又问。

"收得越多，坐得越久，数额巨大，还会掉脑壳的。"我说。

"哦，我知道了。"他说完就要走，我留他吃了中饭再走，他无论如何都不肯，喜滋滋地走了。

老黑走后，我一直为老黑担心，生怕他出什么事，可一连几年，风平浪静，老黑一直活得乐呵呵的。

有一回，老七告诉我说："老黑不知是捡捡了宝宝还是挖挖了金矿，往往日那霉霉相不知哪儿哪儿去了，天天喝喝点小小酒，红红光满面的，像像只产产蛋的鸡婆，还还日日唱歌呀呀哩。"

我问老七："他是不是想当村干部？"

老七说："切，他他他想当村村干部？不不可能的，连自自家的婆娘都都管不住，他不晓晓得屙屙一泡泡稀屎照照照一下自己的影影子？"

"那他为何变了一个人样？"

"人人过半半百，不不自己找找点乐乐子，那不一世世都不值？他他是想想开了，自己高高兴。要要不，就就是得得了神经。"

我想也是。

可是，有一天，老黑直接把检察院的人带到那口废弃的茴窖里，从那铁箱子里搜出现金98万元，账本10个。

老操被当场带走。

"茴窖门"事件发生后，在全县引起了很大的轰动，因此，糊涂村的名气再一次升级。

当然，首当其冲受到牵连的人物是老七。

当办案人员问老七叫什么名字时，老七想了半天，才大声说："胡胡胡来！"

办案人员一听，将桌子一拍，说："问你名字呢，谁胡来？！"

老七吓了一跳，小声说：。"是是是我胡胡来，不不不，我叫胡胡来。"

办案人员将老七的名字问清楚后，再也问不出什么下文了，因为老七帮人看相也好，算八字也好，从来就没收过人家一分钱。街上算八字的瞎子一大帮，五元十元一命，你没有将他们抓起来，不要钱算八字你能将他抓起来治罪？至于老七的茶叶，现在是商品经济时代，给钱卖货，没有人敢说他半个不字，更何况老七主动到税务局缴了税，开了发票的，不表彰他也就罢了，发展经济，依法纳税，何罪之有？办案人员找老七问完话，恭恭敬敬将他送出了检察院。

老操在检察院待了五天，也高高兴兴出来了，98 万元如实归还，因为，检察院不仅搜到了现金，还一同搜到了一本流水账，账上将所有现金来源记得清清楚楚。

年月日，卖野猪 10 头，计币 18000 元。

…………

年月日，卖野猪 5 头，计币 30000 元。

…………

年月日，卖野猪 6 头，计币 35000 千元。

…………

原来，老操每收一笔钱，都记了一笔账，一年一本，整整 10 本。

…………

后来，穆沙书记出了面，说："胡、操同志是农村勤劳致富的典范，是新农村建设的带头人，我们要保护，而不是毫无根据地打压。至于那些整天游手好闲，捕风捉影，影响安定团结，不利于和谐社会建设的人，我们要加强教育。"

老七和老操一出来，穆书记就将二人接到市里最好的宾馆，为他们压惊。席间，三人除了喝酒，什么话也没说。

不出半个月，老黑就被关进了精神病院。

十三

快放暑假了，据说假期学校要提拔一名主管后勤的副校长，当了 10 年教务处主任的我很有些想法。于是将老七请到家里，好酒好肉的侍候了一回，想让他帮我开一回天眼，看有没有可能。

酒至半酣，我说："老七，你帮这看帮那看，今天也帮兄弟开一回天眼，看我今年有没有官运？"

老七说："你你也信信天眼？世世上事都都一个蒙字。明明明知是假假，都都假假装是是真。只只有假才才能办办成真真事。"

我一惊，问道："你的灵符也是假？"

老七笑道："真有有灵符，日本人还还能打打到中国来？不一符符全全贴个脚朝朝天？"

"那你一符贴死了一棵树，又一符救活了一头猪，那可是真功夫啊！"

老七笑道："江江湖骗骗术，高高明得很，也简简单得很，你你不是也想学学一招吧？"说完，老七咐在我的耳边嘀咕了两句，我一听，将桌子一拍，说："高人！真正的高人啊！"

老七说："我我算个什么高高人，老老操都比我高，我可可是算算计了他 20 年，这这次算算准了将仇恨报报了，没没想到逢逢凶化吉，早被真真正的高高人救了。"

我听得一头雾水，问："报仇？你和老操不是连襟么？"

老七突然就哭了,说:"我我姐被害害了,就就在我的眼眼皮子底底下啊。可可怜老老黑,比我还还惨啊!什么时候受受了高人点点化了啊!天外有有天,人外外有人啊!"

　　我不解地问:"那谁才是真正的世外高人呢?"

　　老七擦了一把泪,将杯中的酒一口清了,说:"世外哪有么高人?高人高不过天!"

　　这一次,老七说话很顺当,一个字也没结巴。

杜鹃花开

到蒋村去上学

　　窗纸上刚露出一抹白,奶奶就起了床。杜鹃也麻利地起了床,她要将弟弟豆花好好拾掇一下后,带着他到蒋村去上学。

　　奶奶喂了猪,开了鸡埘的门,将从半夜便吵吵闹闹的鸡们赶出院子,便扛了锄头下地了。这正是秋高气爽,颗粒归仓的季节,农事可耽误不得。

　　自从爸爸妈妈出外打工,家里田间地头的活就全落在六十多岁的奶奶身上。

　　杜鹃本是不打算念书了的,她觉得应该为奶奶搭把手,可奶奶将她一顿臭骂:"你不上学倒是省事,可到蒋村去要走十多里山路,叫你弟一人去吗?"杜鹃虽说听奶奶这一说心里有些不爽,但这也是实情,只好带着弟弟继续上学。

　　杜鹃今年十三岁,上小学六年级,弟弟豆花今年八岁,上小学二年级。弟弟是个捣蛋鬼,却取了个女孩的名字。弟弟的名字是奶奶取的,本来奶奶要给弟弟起个狗婆牛婆的名字,说是名字贱经活,可妈妈说那名太土,实在喊不出口,应该取个什么俊呀贤呀洋气的名字,最后折中,就取了个杜花的名,爸爸也说这名好,喊着是豆花,可写着杜桦。

其实，今年上学期之前，王村也是有小学的，并且家里离村上的学校只有两里地，可暑假里上面搞什么教育布局调整，把只有三十多人的村小给调掉了，相邻四个村的学校合成一所，学校设在中心点的蒋村，就叫蒋村完小。原来二里地十分钟就可到校，可现在，从王村到蒋村隔了十多里地，要走两个小时，趟三道河，如果碰上下雨天，小河涨水，河上的木桥被冲塌了，就得多翻几里山路。

村里原来有三十个同学，分读五个年级，合村并校后，有十多个同学跟在外打工的爸妈到外地上学去了，还有五个一年级同学辍学了，说是等年龄大一点再上，剩下十一个同学插班到蒋村完小。杜鹃是村里孩子中年龄最大的，自然成了这几个孩子们的头。

杜鹃在村口将几个孩子拢到一起，按由矮到高的秩序排好队，再清点了两次人数，不错，是十一个，便像老师一样训了一次话，无非是在路上不许乱跑，不许掉队，不许打闹之类的话，便喝一声"走起"，十一个同学就像十一只小山羊，有条不紊地上了路。

到蒋村去上学，是一件多么美好的事情啊。

开学第一天，豆花就爱上了蒋村。蒋村小学比王村小学大多了，也漂亮多了，不仅教室宽敞明亮，还有一个很大的操场，有篮球架，还有排球网，有乒乓球台。在王村小学，这一切都是没有的。最关键的是，学校还有一个电脑室，豆花虽然还没有上电脑课，但新结识的一个同学带他到电脑教室的窗户口看了一次，他觉得这一定是一个非常神奇的东西。

在上下学的路上，好玩的东西也很多很多，只要不怕上课迟到，晚上回家不怕天黑，小伙伴们可以尽情地戏耍，打珠子，逮竹鸡，追野兔，如果高兴，还可以弯一段路，到镇上逛一圈。以往在王村上学的时候，豆花就很少出过村，不要说上镇上，就是到蒋村，也就去过两三次，每天里就和村子里的几个小伙伴一起玩儿，跳格子，打珠子，都玩得找不到一点新鲜劲儿了。最好玩的，也不过在暑假的时候到村口的小溪里摸小鱼儿，掐小虾儿，再在齐腰深的溪潭里扎个猛子。到溪里去打鱼摸虾游泳，还得偷偷儿的，如果让奶奶知道了，少不了一身竹丫子炒皮肉（被奶奶用竹丫子抽），为了躲避奶奶的责打，几个小屁孩每次下了溪玩了水，都要在河洲上晒油，因为奶奶有一个检查我们是否玩过水的老套路，即在我们回家后，用指甲在我们的背上刮一下，如果皮肤上出现一条白色的刮痕，证明我们玩了水，就会受到她的惩罚，如果没出刮痕，便可逃过一劫。不过上有套路，我们也有对策，那就是玩过水后，肚子里猛灌一肚子水，再一丝不挂地在太阳底下边晒边追打，弄一身大汗淋漓，奶奶在检查时用指甲一刮，全是油垢，刮不出白痕，奶奶当然找不到我们玩水的证据了。当然，晒过油，我们还有最快乐的玩法，就是在柳林里将摸到的小鱼小虾烤了吃。

到蒋村去上学，豆花还有更多美好的憧憬，他希望在新的学校里，能结识更多新朋友，见识更多新鲜的东西。外面的世界对于很少出过村子的豆花来说，实在是太具吸引力了。当然，豆花还有一些小小的心事，就是很想在新朋友面前，能露一手自己的绝活——弹石子儿。弹石子儿，豆花在村子里的小伙伴中，已是没有对手，小伙伴们在玩弹石子儿的游戏时，他已经毫无兴趣参与了，因为没有人和他在一个档次上。豆花在看武打电视剧时，学到了一个新词儿，叫孤独求败，对就是这个词儿，豆花真的有一种孤独求败的渴望，他希望到新的学校，能找到一个对手。

杜鹃说不想上学，那也是假的。杜鹃在王村上学的时候，不仅成绩好，还是班上的班长，是老师的得力助手，学校的大小事儿，只要老师吩咐一下，她都能做得妥妥贴贴。去年秋天的时候，镇上安排了一名大学刚毕业的女老师到王村学校上课，女老师姓白，叫如雪，同学们都喜欢白老师，不仅是因为白老师长得好看，大伙觉得白老师的名儿也很好听，白如雪，多美呀！可白老师的人也好像像雪一样娇贵，不仅走路轻飘飘的，说话也轻飘飘的，这么娇气的一个人，一到晚上当然就害怕啦，杜鹃每天晚上就主动给白老师做伴儿，还帮老师做饭，洗菜，提水。白老师只要生活上遇到难题，只要告诉她，她准有办法，以至到后来，她竟成了白老师的依靠。一次，白老师悄悄对杜鹃说："你不是我的学生，你是我的小闺蜜，你也不要将我当作老师，我就是你姐。"杜鹃当然知道什么是闺蜜，就是最好的朋友，这是她从电视里学到的。

杜鹃也很喜欢白老师，她愿意将白老师当闺蜜，在私下里，她也甜甜蜜蜜地叫白老师姐，但在公众场合，她还是恭恭敬敬地叫白老师，这个起码的礼仪她还是知道的。因为杜鹃的懂事与乖巧，白老师更喜欢她了，经常给她讲了许多外面的故事，还讲了许多大学里面的趣事，甚至是女孩子的悄悄话。以往，杜鹃只从视里了解外面世界的精彩，但她觉得那离她太遥远，甚至觉得电视里的东西太虚幻，都是演的戏，通过与白老师的交往，她才真真实实地感觉到了生活其实有多么的丰富多彩！于是，她有许多理想，她做梦都想到外面的世界去飞翔。到蒋村去上学，是她到外面世界飞翔的第一步，所以去蒋村上学是一件多么美好的事啊！

杜鹃喜欢到蒋村去上学，还有一个重要的原因，就是她的闺蜜白老师也调到蒋村小学去了，她希望能与闺蜜白老师天天见面。唯一遗憾的是，闺蜜白老师在蒋村小学不再教杜鹃的课。开学的第一天，杜鹃从学校的公告栏中，看到分班情况及班级教师安排，心里多多少少会有一些失落。

杜鹃报了到后，特别到闺蜜白老师班里去打探了一次，白老师站在讲台上安排班级工作，她想与老师打个招呼，可老师分明看到她了，却把头转向一边，装着不认识似的，杜鹃心里就又失落了一次。但没一分钟时间，杜鹃心里就阴转晴了，老师正忙着呢，等下课后再找老师亲热吧，过了一个春节没见，老师一定有许多话和她说吧。

终于下课了，白老师夹着一摞资料从教室出来，杜鹃马上迎上去，叫了一声白老师（其实在她心里是喊的姐姐），可白老师见到她，竟然只是轻轻的笑了一下，心不在焉地问她："杜鹃，你报到了吧？同学们都来上学了吧？"

杜鹃正准备跟上去拉一下白老师的手，告诉白老师她只将王村小学的十一个同学带到蒋村小学来了，她已经尽力了。可白老师竟然没有停下来与她说话的意思，径直向办公室去了，丢下傻傻地跟着追了几步的杜鹃。

杜鹃的心好像一下子沉到了水底。

本来，杜鹃觉得到蒋村来上学是有依靠的，可……

她突然觉得，到蒋村去来上学，似乎只能靠自己了。她感受到了沉重的压力，是啊，奶奶将调皮的弟弟交给她，村子里的人，将一群懵懂的小孩子交给她，她就是头，她到蒋村去来上学，已经不可能去自由飞翔，倒像是一只孵了一窝崽的"担当鸟"，不仅自己要奋力飞，还要载着很多沉重的东西，这些东西，个个都是金宝贝蛋子，不能出一点差错的。所以，杜鹃感到心慌，每时每刻都心慌。

杜鹃把自己想成了一只"担当鸟"时，突然把自己吓了一大跳。自己怎么会有这种想法呢？每逢夏夜，屋后的树林里就有一种鸟叫得特别伤心，奶奶说这是"担当鸟"在叫。奶奶说，"担当鸟"是累死的姐姐的魂变的，相传，在龙窖山里住着一户人家，父亲是一位茶叶商人，妻子死了，留下一个聪明漂亮的女儿，后来，商人又续了弦，相继生下两个儿子，一个女儿。继母当然溺爱自己亲生的，不喜欢这个女孩，每当茶商出门做生意，继母就要将全部家务交给这个女孩做，还要变着法子折腾她。有一次，小儿子将家里的一件传家宝玉弄丢了，商人回来后发现了，追问起来，继母为了不让自己的儿子担责，就说是这个女孩偷去卖了，几个弟弟妹妹也一至指证她。商人一听，大发雷霆，一定要小女孩将宝玉找回来。女孩有苦说不出，只好出门去找宝玉，后来就再也没有回来。再后来，屋后的林子里飞出一只鸟，衔来那块宝玉，挂到了商人家的大门的门环上，并每天晚上在屋后的树林子里苦苦地鸣叫："担当，担当，要我担当，不敢担当，弟弟丢玉，姐姐命丧！"

后来，杜鹃将这个故事讲给闺蜜白老师听，白老师都听出泪了，还告诉杜鹃，这种鸟就叫杜鹃鸟，并且也讲了一个类似的"杜鹃啼血"的故事给杜鹃听。

杜鹃觉得自己不是"担当鸟"，她就是一只勇敢的杜鹃鸟，杜鹃已经起飞了，就得机警点儿，得勇敢点儿，甚至得野蛮点儿。

不怕！我是杜鹃呢！

我们做朋友吧！

豆花开学第一天就有收获，在开学第一课上，老师要每一个新同学作自我介绍，轮到豆花时，豆花走上讲台，先是差点摔了一跤，紧接着又将讲台上的粉笔盒哗啦一下弄到地上，引起哄堂大笑，不过，他的自我介绍他还是非常满意，虽然在他说到"我叫杜桦（豆花）"时，也引起了哄笑，但他最后一句，却引来了满堂掌声，这最后一句，他不知在心里说了多少遍，所以，他是用了很大的力气喊出来的。

其实他整个自我介绍就三句话："我叫杜桦，我来自王村，我们做朋友吧！"

下课了，果然就有许多同学围着他转，并怪声怪调地对着他喊："豆花，我们做朋友吧！"然后就有跟着喊："豆花，我们做朋友吧！"接着就是哈哈哈的笑声以及你一句我一句的"豆花豆花！我们做朋友吧！"

一开始，豆花真的好高兴，他觉得同学们好亲切，都愿意和他做朋友呢，可当看到同学们那分明带着嘲弄的笑，他才明白过来，同学们并不是真的和他做朋友，只是想捉弄他一下，他心里难过极了，他是真心实意想和同学们做朋友的，他说这句话有错吗？这句话就这么好笑吗？

当他一个人怏怏地走向教室的时候，有一个个头和他差一不多的男同学向他跑过来，并故意撞了他一下，极快地将一个纸条塞到他手里，还回过头向他使了一个眼色。

豆花心里好紧张，他将那个纸条紧紧地攥在手心，生怕再来一个人，将那纸条抢走。

上课铃响了，他赶紧坐到自己的位置，偷偷地将已经被攥得汗津津的纸展开，只见纸条上写着一行整整齐齐的字：杜桦同学，我叫方小强，我们做好朋友吧！

豆花看到这一行字，眼泪差点都出来了，他心里好激动！终于有人愿意和他做好朋友了！这是真的吗？不会也是捉弄他的吧？他将纸条再次看了一遍，再去找那个给他塞纸条的方小强同学，发现他也正偷偷地扭头在看自己呢，从他的眼神里面，豆花也看出了真诚与期盼，于是，他望着方小强点了一下头，并真诚地咧嘴笑了一下，两人算是对上了暗号，也接上了友谊的电线。

一节课，豆花都在开小差，他想着下课后如何与方小强接头，他想了很多种方式，又一一被自己否决了。当他还在发呆时，突然被人拍了一下肩膀，他才猛然惊醒过来，然来已经下课了，方小强正站在自己桌子旁边呢。

"走，豆花，我们去玩吧！"方小强说。

原来接头就这么简单,他想的所有方式都是多余的。豆花兴奋又有点腼腆地跟着方小强跑出教室,两人一直跑到操场最远的一边才停下来,你望着我,我望着你,最后竟同时发出一阵傻笑。

豆花说:"王小强,我们玩什么呢?"

方小强说:"你会玩什么呢?"

豆花说:"我们玩打珠子吧?"

方小强说:"我没有珠子呢,怎么玩?"

豆花笑着说:"嘿嘿,我也没有,来,我们每人捡三粒石子儿,我们打石子儿。"

两人捡来石子儿,也不约定规矩,就扒到地上,开始了他们的第一场友谊赛。

杜鹃班上的开学第一课,是竞选班干部。

竞选的方式是同学自己先提出竞选职位,再进行当场演讲,最后进行投票。竞选班干部杜鹃是第一次听说,在王村小学时,全校就五个年级两个班,一、二、四年级一个班,三、五年级一个班,班干部都是由老师任命的,杜鹃是三、五年级理所当然的班长。现在班上的班干部可以竞选,杜鹃当然心理痒痒起来,她觉得自己完全有能力当班干部,甚至可以当好班长。她还想,她是代表王村同学的,她必须得当个班干部,如果当上了班干部,她就可以为王村的同学服好务。所以,当老师宣布了竞选职位,她就在心里嘀咕起来,到底是竞选班长呢还是学习委员?或者劳动生活委员?当她还在想来想去的时候,就有人纷纷给老师递交纸条了。杜鹃犹豫了一下,也从书包里掏出一个作业本,撕下一页,写上了自己的名字,并在竞选职位上,写下两个有力的字:班长。

杜鹃也学着其他同学的样子,将纸条对折了一下,将写有字的一面折在里面，交给了老师。

接着，老师先将竞选班长的几个人的名字写到黑板上时，很诧异地往座位上扫了一遍，也许是很诧异于这个陌生的名字吧？她不是很肯定地将目光在杜鹃身上留了片刻，还是工工整整地写下了杜鹃的名字。

当老师写下杜鹃两个字时，教室里同样齐齐地发出了诧异的叫声："啊？杜鹃？"甚至有人故意小声地说："杜鹃？杜鹃是谁呀？这个名字好土啊！"

杜鹃听后，坐直了身子，将脸往上扬了扬。

别人演讲的时候，杜鹃听得很认真，觉得每一个竞选者都讲得很好都应该当选班长。所以，每一个竞选者演讲完毕，台下都是掌声如雷，杜鹃也情不自禁地给他们鼓掌。当老师叫到她的名字时，杜鹃显得比其他几个更自信，她径直走到讲台，学着其他同学向老师敬了个礼，又向台下同学们敬了个礼，便开始介绍自己，并说如果自己当选了班长，将努力为同学们服务。她说："我相信自己能当好这个班长，也请同学们相信我，投我一票！"

她的演讲虽然算不上铿锵有力、声情并茂，但也还是充满激情的，可演讲完后，却只听到稀稀拉拉的几个掌声，这掌声好像还有故意捣乱的样子，杜鹃心里就有些失落与尴尬。

再接下来就是投票，杜鹃自然把这一票投给了自己，可等到统计票数时，杜鹃竟然只得了三票，一票是自己的，另两票，估计就是来自王村小学的两位旧部了。

杜鹃在第一轮竞选中落选了。

凡落选的人，不能参加其他职位的竞选，这是班主任的规定，所以，杜鹃也没有竞选其他职位的资格，杜鹃一点也不后悔，虽然过后另两位投她票的同学埋怨她把目标定高了，如果选劳动生活委员，或许就能选上，但杜鹃心里清楚，因为她是来自王村小学的，不管她竞选什么职位，除了自己王村的同学，还是没有人会投她一票的。

杜鹃更加坚定地认为，只有王村同学才是自己人，只有王村的同学才是自己真正的朋友，自己一定要当好这个头。

放学路上，豆花一直很亢奋，在队伍里走得也一点都不安份，几次被姐姐杜鹃强行塞进队伍里去，蹦前蹦后地走了一段路，最后还是忍不住，跑到到路边，捡到一块石子，嘣的一声弹向一根竹子，那石子儿射在那竹子上，发声"叮"的声脆响，立马反弹过来，弹到一位同学的老勺上。幸好是一位女同学，留着厚厚的头发，不然就有好戏看了，女同学尖叫一声，用手捂住老被弹的地方，蹲到地上哭起来，杜鹃一见，吓坏了，连忙跑过来为女同学察看伤情，见只是有一点点红，并没有伤着，才放下心来，一边向同学道歉，一边哄她，一边骂豆花。女同学也是被吓的，并不怎么痛，见杜鹃骂了豆花，也破泣为笑，站起来，揉了豆花两下，也就没事了。可是杜鹃心里却越想越气，一是因为今天的竞选太没面子，二是弟弟豆花太调皮，两股气合在一起，便一古脑儿冲豆花倾泻下来，从上边捡起一根竹条子，往豆花的屁股上啪啪就是几下，本来做了坏事，被吓得不轻，又被姐姐一顿责打，一天的兴奋与喜悦一下子不见了，哇的一声哭起来。好在娃娃的脸，是六月的天，说变就变的，刚哭了几声，看到路上跑过一只野兔，豆花的野性又被激发，将眼泪一抹，大喊着追了过去。

野兔没追着，被责罚的委屈也随着野兔不见踪影了，像是突然记起一件大事似的跑到姐姐跟前笑嘻嘻地说："姐，我今天交了一个好好好的好朋友，他叫方小强……"

杜鹃面对这个弟弟，叹了口气，心情也好了起来，在豆花的头上摸了一把，说："同学们，我们一起唱支歌吧！"

向竹鸡道歉

  这是一个仲秋的早晨，山野里各种各样的野果都次第熟了，爽爽的秋风吹过，空气中弥漫着一股让人微醉的气息。路边的丛林中，布谷、斑鸠、竹鸡的叫声此起彼伏，惹得这些不安份的孩子边走边东张西望，原本有序的队伍有些推推搡搡，打打闹闹起来。

  杜鹃见状，从路边捡起一根小树枝，大声嚷道："谁再捣乱，看我不打断他的腿！"她这一喝，果然起了作用，潦乱吵闹的队伍又归于安静。

  豆花一直走得有些心不在焉，他手心里的一块小石子早已被他篡得汗津津的，巴望在姐姐不注意的当儿，能够将它射出去。他最大的希望是能打下一只鸟，或者击中一只野兔，如果这样，即便被姐姐骂一顿也是值得的。

  别看豆花年纪小，他可是一个身怀绝技的人。豆花三岁时即跟着村子里的大孩子打弹珠，到五岁时，村子里的孩子就没一个是他的对手，一丈开外，不管是什么东西，他手中的珠子一出，弹无虚发，百发百中。在蒋村小学，豆花也觉得没人是他的对手，他和最最最好的好朋友方小强也玩过几个回合，每人在地上放十个石子儿，如果由他先弹，他基本上做到一子清，即自己手起石落，对手的十粒石子儿全被他一一击中。如果由方小强先弹，他可以先让对手五子，先让方小强弹五次，他再出手，最后还是一子清。

  所以，方小强对豆花可是佩服得差点五体投地了，但也正是因为这样，慢慢地方小强再也不肯和他玩这个力量悬殊的游戏了。也就是说，豆花又失去了展示自己绝技的平台。

  豆花终于逮住了这一难得的机会，刚好有一个同学推了前面同学一把，前面的同学一个趔趄，踩了更前面的同学的脚后跟，三个人便你推我一下，我推你一下的闹起来了，杜鹃气得冲过去一顿乱嚷，他们吵闹的声音惊起了路边草丛中的一只竹鸡，豆花眼明手快，嗖的一声将手中的石子射了出去，啪的一声正中竹鸡的翅膀，那竹鸡扑腾了两下，从空中斜斜的栽了下来，落在路坎下的河洲上。

这时，有一个同学尖叫起来："中了中了，竹鸡被打中了，落在河洲上了。"他这一叫，前面吵闹的同学都噤了声，也不为谁踩了谁，谁推了谁而争执，齐齐地挤到路边看还在扑腾的竹鸡。杜鹃也被那五彩的竹鸡吸引住了，挤在同学们身后往河洲上瞅。

豆花见姐姐没有责骂他的意思，骄傲自得地笑笑，扒开围观的同学，纵身从路上往河洲上一跳，虽然脚被河洲上的石头崴了一下，他还是挣红了脸，一跛一跛的直奔那竹鸡而去。

突然，杜鹃大喊道："豆花，你怎么能这样？竹鸡招你了还是惹你了？你无缘无故的打它干吗？"

听姐姐一声喊，豆花心里本能的有些怕，但看到自己的战利品就在不远处挣扎，那诱惑可不是一般的让他内心纠结。他将目光投向几个跟屁虫，希望能得到他们的声援，可他们在杜鹃的威压下，竟都退到路中间的队伍里去了。

豆花正在犹豫要不要去逮住那只扑腾的竹鸡，突然看到姐姐杜鹃也从路上跳了下来，直奔竹鸡而去，豆花一见，有些着急地喊："是我打中的！是我打中的！你凭什么去抢我的竹鸡！"他说完，用手擦了一下鼻涕，再一次一跛一跛地向扑腾的竹鸡跑去。那可怜的竹鸡，见两个人冲过来，扑腾得更厉害，几次试图飞起来，最终还是掉到河洲上，它扭过头，那双圆圆的小眼睛里发出恐惧与绝望的光，最后将头扎进河沙里，全身瑟瑟发抖。路上的同学们一见，开心地笑起来，有一个同学还念起了几句童谣：

"小野鸡,小野鸡,傻帽儿,瞎乱飞,只顾头,不顾尾。"童谣说的是小野鸡生性胆小,只要被人一吓,就不会飞了,将自己的头找个地方藏起来,至于身子,那就不管那么多了。

豆花见竹鸡将头扎到河沙里,也开心极了,他因脚受了伤,当然比姐姐跑得慢,当他跑到竹鸡跟着时,姐姐杜鹃已小心地将竹鸡抱在了怀里,一只手不停地抚摸着竹鸡的羽毛,好像在安慰这只被吓坏了的小东西。豆花擦了一下鼻涕,突然伸出手,想抢过姐姐手中的竹鸡,杜鹃瞪了他一眼,那只抚摸竹鸡的手,啪的一声打在豆花伸出的手上。豆花不服气地说:"是我的,这竹鸡是我的!"

杜鹃喝道:"还好意思说是你的,你还以为你蛮厉害呀?来,把手伸出来,让我用石子弹你一下,看你痛不痛!"

豆花争辩道:"它是只鸟儿,又不是人!"

"鸟儿就不知痛吗?蚂蚁都只道痛你晓得啵?鸟儿、小兔子、虫子,都知道痛,奶奶说,天上飞的,地上走的,土里爬的,它们都是一条命!和你一样的,有命就知道痛呢!"

"反正……反正……又不是人!"

"你还嘴硬!走,还不到路上去,幸好没伤得厉害,我们去帮它包扎一下,让它养好了伤,再将它放飞。"

豆花见姐姐说要放飞它,虽极不情愿,但能将竹鸡逮住玩几天,心里又开心起来。

同学们拉的拉扯的扯,七手八脚将姐弟俩拉到路坎上,杜鹃从口袋里掏出一条小手帕,轻轻地将小竹鸡的翅膀与身子包起来,又从路边扯了一捧丝茅草,做了一个窝,塞到路边的小灌木丛中,再将竹鸡放进窝里,说:"晚上放学的时候,我们再把它带回家养伤。"

豆花钻进灌木丛,看到小竹鸡转动的圆溜溜的小眼睛,不好意思地说:"小竹鸡,对不起,我再也不打你了!"

杜鹃没有想到，调皮的弟弟，竟然向小竹鸡道歉了，她开心地说："豆花，这才乖！做错了事，就得道歉！不管它是什么，就算是一只虫子，都是一条命呢！"

走在路上，豆花一路想着他路边灌木丛里的竹鸡。

上课的时候，豆花还在想着他的竹鸡。

这一天，他的脑海里除了竹鸡还是竹鸡，以至于这一天老师讲了什么东西，他一点也记不得了。甚至把老师放在讲桌上的粉笔盒当成了竹鸡子窝，在老师背对同学在黑板上板书的时候，神使鬼差地从抽屉里掏出一个小纸团，当成弹珠，噗的一声将讲桌上的粉笔盒打翻到地上。

当然，全班同学似乎没有一个人发现，这个纸团是从豆花的指尖射出的。老师将几个平时调皮捣蛋的同学拉到讲台上，一个一个审问，可没有谁为肯这次事件负责，他们也指不出这到底是谁干的。因为豆花在班上是新生，又是小不点的鼻涕虫一个，没有人会想到他能干出这么惊天动地的大事，所以跟本就不可能想到他。豆花自己也不相信这是自己干的，当粉笔盒啪的一声掉地上，盒子里的粉笔头摔一地时，他才惊醒过来，知道自己闯下大祸了。他在自己的大腿上死劲的掐了一下，在心里骂了自己一句："豆花，你真混！怎么又打竹鸡窝了？自己才刚跟小竹鸡道歉呢！"

当豆花发现没有一个人出来指证他时，他紧张得几乎蹦出喉咙的心，才平静地落到心窝子里去。但他又不安起来，是自己做了坏事，怎么竟然不敢承认呢？如果自己承认了，当全班同学向老师道个歉，不就行了吗？为什么要让老师一个一个地去查，如果没查出是他豆花干的，老师甚至会冤枉其他同学呢！豆花犹豫了一下，正准备站起来，突然被后面的一个同学按住了肩膀，豆花回过头，只见那个同学瞪了他一眼，好像警告他，不要他承认。

原来，他的这一壮举，早被一个同学发现了，这为后来发生在他身上的一些事埋下了祸根。

保护费

中午的营养午餐，依然十个同学一桌，每桌一小钵胡萝卜，一小钵大白菜，一大盆豆渣汤。席长是一个比豆花高出一头的男孩，豆花知道他叫金小小。轮到给豆花分菜时，钵中的菜只剩下几片了，豆渣汤也只剩下汤，见不到一片豆渣。

豆花虽然心里不服气，但不敢吱声，他就了汤将碗里的饭喝下，独自往操场上跑。每天中午，王村的孩子都要在操场边上碰头，一起玩耍。

可刚跑出食堂，豆花就被金小小给拦住了，他将豆花拉到一边，小声说："跟我走一趟。"

豆花见到金小小，有些害怕，他正准备拒绝，金小小一把将豆花挟到自己的胳膊下，不容抗拒地往厕所里面架。豆花挣扎着回过头，他没有看到操场上的姐姐，被强拉到了男厕所里面。

厕所里早有几个高年级的同学等在那里，他们见豆花被架了进来，连忙围过来，将豆花围成了一圈。

豆花见状，吓得有点哆嗦，大气都不敢出。

这时，一个长得像《熊出没》里的熊大一样的孩子发话了："你叫豆花？"

豆花连忙点了点头。

熊大哈哈大笑道："别逗了，一个带把的，怎么取了个娘们一样的名字啰？"

他这一问，围着的几个同学也哈哈大笑起来，甚至有人提议，将豆花的裤子扒下，看是不是真的是男娃。

豆花一听，吓得连忙将裤子捂了捂。

这时，那熊大又说："你是王村来的吧？听说你有一手打弹珠的绝活？"

豆花喁喁道："我……我没有……"

"没有？你今天上课的时候不是把老师的粉笔盒射翻了吗？害得我的几个兄弟被老师罚站！"

"我……"

"我什么我？我们兄弟可是讲义气的啦，你的一丁点儿小动静都被我兄弟金哥看在眼里呢！他情愿自己被老师罚站也没供出你，够哥们吧？"那熊大指着金小小说。豆花听后，将头低下去，不知如何回答。

"一句谢谢也不晓得说呀？"熊大说

"谢……"豆花有点不知所措。

这时金小小出来和事道："这样吧，豆花，只要你加入我们，今后你的事就是我们的事，在蒋村，没有谁能欺负你！"

"我……"豆花不知加入是什么意思。

"我什么我？就这样定了，让你加入，是看得起你，怎么这么婆婆妈妈？难怪取了个娘们的名字！"熊大将手一挥道。

金小小接过熊大的话说："老大都同意你加入了，你还不快道谢？"

熊大说："谢就不用了，今后都是兄弟。好啦，既然是兄弟了，我就介绍一下，我叫熊大能，大伙都叫我熊大，今后，我就是你的头！"

果然就叫熊大！

熊大又指着金哥说："他叫金小小，其实一点也不小，胖得像只小猪猪，我们都叫他金小胖，你今后得叫他金哥！"

金小胖得意的对着豆花翻了一下白眼。

豆花看着他们，不停地点头。

熊大又对豆花说:"不过,加入也不是这么容易的,这样吧,从今天起,交给你一个任务,王村九个同学的保护费就由你来收吧,每人每月十块钱,每个月的最后一天一起交,你和你姐的钱就免了!"

豆花一听,吓了一跳,忙大声说:"没有钱,我们都没有钱!"

熊大道:"你说没钱就没钱?"

豆花挣辩道:"真的没有钱,我收不到钱!"

这时,熊大向手下的几个人使了一下眼色,立即就有几个人一拥而上,将豆花的头往厕所的粪坑里按。

豆花挣扎着大喊道:"我真的收不到钱,我姐会打死我的!"

豆花越挣扎,头就被按得越低,整个脑袋几乎被塞进粪坑,鼻子差一点就碰到臭气熏天的大便了。

豆花大声的哭了起来,他将头一偏,鼻子碰到粪坑的砖上,鼻血流了出来。

这时,这伙人才将豆花架起来,金哥忙掏出卫生纸将豆花的鼻血擦干。

熊大说:"今天就到这里吧!豆花,我警告你,这件事不许告诉老师,也不许告诉你姐,不许告诉任何人!听到吗?"

豆花一边哭一边点头。

熊大接着说:"如果告诉了任何人,后果你是知道的!保护费的事,一分钱都不能少,知道吗?"

豆花摇了摇头,又点了点头。

"月底没交来,下个月就是每人二十元一月!"

豆花哭得有些出不来声了,他害怕极了。

金哥推了豆花一下,低声道:"不许哭!如果你姐问你,就说是自己上厕所不小心摔的!"

豆花连忙噤了声,并使劲点了点头。

方小强见豆花被金小小一伙架到厕所里去了，就知道要出大事了，但他不敢去给豆花的姐姐杜鹃报信，他太知道他们这一伙人的厉害了。但他心里又非常担心豆花，他远远地躲在厕所外面的一棵香樟树下，眼睛盯着厕所，侧耳听着厕所里的动静，当他听到豆花的哭声的时候，心里难受极了，他真想冲进去与豆花站在一起，但他没有这个勇气。所以，当豆花从厕所出来的时候，他连忙迎上去，可金小小和熊大能就走在豆花的后面呢，方小强犹疑了一下，还是假装上厕所，径直往厕所里去了。

豆花见方小强过来，张了张嘴，但没有发出声来，他也担心方小强与自己说话，他不想方小强因他而受到牵连，他们交错而过的一瞬，两人的眼神飞快的碰撞了一下，彼此的心意便都领会了，豆花心里也舒了一口气。

豆花来到操场上的时候，大伙正在杜鹃的指挥下跳绳，杜鹃见豆花两个鼻孔里都塞着卫生纸，吓了一跳，跑过来拉着弟弟的胳膊，急切地问："豆花，你这是怎么啦？"

豆花有些忙乱地小声回答说："没……没什么，上厕所时不小心摔的。"

杜鹃心疼地责备道："你这人，怎么不长记性呢，多次跟你说，走路要小心要小心，还是不小心！不厉害吧？还疼吗？快让姐看看。"

豆花眼泪又出来了，但他不敢说，只是使劲地摇头，表示不疼。

王村的几个同学也担心的围过来，七嘴八舌的问东问西，都要豆花今后多加小心。

见豆花没有太大的问题，大伙又散开来，开始跳绳，做游戏。只有豆花一人坐在边上，心神不宁地望着远处，远处，熊大他们正向他这边张望呢。

放学路上，当他们走到藏竹鸡的地方时，有几个男同学拉过豆花，一定要去找那只被豆花打伤的竹鸡，豆花听到"竹鸡"二字，吓得一哆嗦，大声说："不要，不要竹鸡！"

大伙都感到奇怪，豆花这是怎么啦？豆花不是最想要竹鸡的吗？杜鹃也感到很纳闷，弟弟今天很反常啊，到底是怎么回事儿呀？但杜鹃也担心受伤的竹鸡，她让同学们留下来，在路边等着，她一个人钻进了路边的灌木丛。

当杜鹃扒开丝茅草做的鸟窝，发现窝里只剩下她那花手帕，受伤的竹鸡不见了。杜鹃先是吓了一跳，担心竹鸡被别的什么野物给叼走了，可一想，不对呀，如果是别的野物叼走了竹鸡，窝里应该有血迹呀，最少会有撕扯的羽毛吧！那一定是竹鸡休息了一会，等翅膀不痛后，自己挣脱手帕飞走了。因为竹鸡伤得并不厉害，既没有断骨头，又没有出血，被石子儿弹痛了罢了。再说，在包扎的时候，杜鹃怕绑紧了竹鸡受不了，只是稍稍包了一下，并未打上死结，竹鸡很容易挣脱的。这样一想，杜鹃反儿开心了，她从灌木丛中钻出来，同学们都围过来，想看看漂亮的小竹鸡，见杜鹃空手而出，不约而同地问："竹鸡呢？"

杜鹃笑着说："竹鸡不见啦，它自己飞走啦！"

杜鹃说这句话的时候，好像亲眼看到竹鸡扑腾着翅膀，从灌木丛里冲天而起。

一路上，又有许多快乐的事情，大伙很快就将豆花的反常忽略了。

回到家里，豆花几次想将今天的事情告诉姐姐，但一想到熊大几个凶巴巴的眼神和对自己的警告，又把说到嘴边的话咽了下去。

这一夜，豆花是如何入睡的，他自己也不知道。

还　击

豆花对姐姐杜鹃说："姐，我……我不想上学了。"

"咋？不想上学了？"杜鹃有些吃惊地问。

豆花将头低下去，小声地"嗯"了一句。

杜鹃气得蹦起来，拉住豆花的胳膊搡了搡，吼道："你？是不是疯了？"

豆花这句话是在心里憋了一夜的，见杜鹃那凶样，哇的一声大哭起来，并吼道："就不去就不去，我不到蒋村去上学！"

杜鹃见状，只好软下来哄豆花道："乖弟弟，听姐的话，快背起书包和姐一起去上学，明年我们就不到蒋村上学，我们到爸妈打工的地方去上学，行啵？"

豆花不管姐怎么哄，就是不肯上学，杜鹃又将奶奶搬出来，低声吼道："你怎么这么不听话？奶奶病了还要下地干活呢！你是想把奶奶气死呀？"

豆花太害怕上学了，可他又不敢将真情告诉姐姐，在姐姐的威胁与哄劝下，还是去了学校。

一连几天，豆花心神忐忑地上学放学，不管是坐在教室里还是在操场上，他总觉得那几双眼睛在盯着他，担心随时有几个人从他的后面冲过来扼住他的脖子，找他要保护费。

一连几天，豆花的书包里都会少一样东西，也会多一样东西。星期一下午上思品课的时候，他发现自己的思品书不见，可文具盒里却多了一只死蚂蚱。星期二上午上数学课的时候，数学书又找不到了，同样，文具盒里多了一条活蚯蚓。星期三是少了语文书，多了一个臭哄哄的纸包，吓得豆花不敢打开。

一天天过去，豆花的心里越来越焦躁，他甚至希望他们干脆将自己打一顿，最好打到不能上学。但他不敢将这事告诉姐姐，更不敢告诉老师。唯一能说起这事的，只有好朋友方小强了。

下课的时候，他约了方小强到操场上去打石子儿，虽然方小强已许多天没有和他打石子儿了，但一见豆花约他，就知豆花是有别的事要和他说。

两人扒在地上的时候，豆花将自己的遭遇告诉方小强，方小强说:"我们告诉老师吧?"

"告诉了老师,他们会打死我的!"

"那怎么办呢?要不,我们告诉你姐吧?"

"更不行,我姐打不赢他们的。"

"唉,那怎么办呢?"

"我怕。"

"我们逃学吧!我们离开这儿,到别的地儿去,我陪你一起走!"方小强坚定地说。

"那我姐,还有我奶奶,你奶奶,会急死的!"

"要不,我们去找你爸爸妈妈去,或者找我爸爸妈妈去!"

豆花说:"嗯,这是个好办法,我们什么时候走?"

"星期六吧,星期六走,不用向老师请假。"

"好!一言为定!"

有了逃避的计划,豆花的心里就有了些底气。

转眼就是星期五下午,学校照例提前上了两节课就放学了,杜鹃在校门口等着,她要将王村所有的孩子集合清点人数后,一起带回村。

可七等八等,就是没有看到豆花的影子。杜鹃让一个高年级的孩子到豆花班上去找,他回来说:"二年级教室的门都锁上啦,校园里没一个人!"

杜鹃一听,吓得不轻,立马吩咐大伙到校园里的各个角落去找,大伙在校园里找了个遍,都纷纷回来说,没看到豆花。

杜鹃一下子吓得快哭起来了。她让同学们呆在校门口别动,让她再去找一遍,再没找到就报告老师,正当大伙急得像热锅上的蚂蚁的时候,豆花的好朋友方小强急匆匆地跑过来,哭着说:"杜鹃姐姐杜鹃姐姐,不好啦,熊大能和金小小一伙人将豆花拉到学校后面的河洲上去啦,你快去救救他吧!"

杜鹃一听，心里一咯噔，招呼同学们就往河洲上跑。远远地，她看到河滩上围了一圈人，她将书包往路边一扔，就冲了过去。她也不知哪来的力气，双手一扒拉，将围观的同学扒到一边，只见弟弟倒在地上，双手捂着头，几个高大凶狠的同学正用脚你一脚我一脚地踢着他的后背，杜鹃想都没想，就一头朝那个正踢得有劲的同学的身上撞去，那同学猝不及防，一个屁股墩儿，倒在河洲上，后脑勺呼的一声碰在一块石头上。另一个同学还没明白过来，仍在用脚往豆花的头上踩，杜鹃也是急疯了，毫不犹豫地再次一头撞向那同学的腰，那同学一个趔趄，往前一扑，双脚刚好绊在豆花的身上，身子便失重地栽倒在一堆乱石上，他挣扎着爬起来，忙用手去捂摔伤的额头，一股鲜血从他的指缝里溢了出来，他看了一下满手的血，往地上一坐，大哭道："出血了，我出血了——"

撂倒两个高大的男生，人群一下子散开了，围殴的同学似乎明白了什么，丢下两个伤员，撒腿就逃。

也许用力过猛，杜鹃自己也摔倒了，膝盖骨磕在石头上好疼好疼，但她顾不得自己，从地上爬起来，扶起弟弟豆花，见他额头肿起几个大包，鼻子、嘴巴都出了血，也哭起来："豆花豆花，你怎么啦？他们为什么打你？"

豆花哆嗦着，惊恐地瞪着眼睛，只是摇着头，不敢出声。

杜鹃放下豆花，从地上捡起石，指着坐在地上哭着的两个男生，一副拼命的架式吼道："你们为什么打我弟弟——"

那两个男生一看，吓得一哆嗦，捂着头上的血，一骨碌爬起来，跌跌撞撞的逃跑了。

杜鹃费尽九牛二虎之力，才从豆花的口中了解到那几个大同学让豆花收保护费的事。她一听，气得火冒三丈，她拉着弟弟来到校长办公室，向校长反映了事件的前因后果，连自己打伤了同学的事也毫无隐瞒的向校长说了。校长严肃地说："你能及时向学校反映情况，非常好，但打人是不对的，你应先告诉老师，让老师去处理才对。"

杜鹃不服气地说："等到我报告老师，我弟弟怕是没命了呢。"

打架事件，虽然发生在校外，又发生在放学之后，因为双方同学都受伤严重，在学校掀起了轩然大波。

熊大能与金小小他们一伙是造成恶性事件的主因，所以家长被通知到校，要求他们多教育管理好自己的孩子，对熊大能等人进行了记大过处分，责成他们在星期一的升旗仪式后作公开检讨。杜鹃同学为了保护弟弟伤人，虽情有可原，但毕竟造成了同学受伤，也要在升旗仪式后作公开检讨。

升旗仪式结束，校长对全校学生进行训话，并通报了这次恶性事件，熊大能等八位同学作了深刻检讨，最后，由杜鹃同学作检讨。杜鹃站在台上，与其说是作检讨，不如说是发表宣言，她说："学校有些同学，专门以大欺小，收保护费，逼小同学吃屎，太坏了，我打了他们虽然不对，但我决不向他们道歉！"杜鹃在检讨时有些激动，"从今往后，谁要是再欺负咱王村的同学，欺负了别的小同学，我照旧和他们拼命！"

为了不至造成不良影响，老师连忙将杜鹃拉下台。

杜鹃虽被老师急急的拉下了台，但却赢得了台下的一阵热烈的掌声。

因为杜鹃的非凡表现，这一天，她成了学校的中心人物，她走到哪里，都有同学对她指指点点。杜鹃觉得这个效果很好，只要下课铃一响，她就会昂头挺胸的走到操场上，指挥王村的孩子做游戏。

放学了，杜鹃将同学们排成一排，一连点了三次名，生怕遗漏一人，确认全部到齐后，才指挥大伙离校。

可当他们刚拐上去王村的路口时，却被一伙人挡住了去路，杜鹃一看，正是熊大能他们一伙。杜鹃急忙将同学们护到身后，指着熊大能的缠着纱布的头大喝道："你，你们，头上的包包还没消，血还没干，又想干吗？"

熊大能嘿嘿一笑道："不想干吗，就想和你单挑，你敢吗？"

杜鹃将书包往后面同学的手中一塞，说："你有本事就来哒！"

在杜鹃的一声哼中，双方立马拉开了架式，一场决斗一触即发。

求　助

熊大能见杜鹃从地上捡起一根棍子，一点都没有退让的样子，自己倒先蔫了。熊大能用手摸了摸自己的后脑勺，尴尬地笑道："别别别……好男不跟女斗，我……我不和你单挑不行吗？"

杜鹃昂起头道："怎么？怕了？还欺负小同学啵？"

熊大能见杜鹃并没有开打的意思，悬着的心才放下来。

"只要你答应我一个事，我就再也不欺负小同学了。"熊大能努力张了几次嘴巴，最后说。

其实，熊大能他们今天并不是真的想找杜鹃单挑，上星期五已被杜鹃一下就整怕了，特别是在升旗仪式上，杜鹃那个检讨，让熊大能心里发虚。

那熊大能为何还敢拦王村孩子的道？熊大能有自己的小九九。镇里初中有几个坏同学，经常跑到蒋村小学来收保护费，熊大能就是他们看上的代理人，每月熊大能得在学校里收三百块钱交给他们，否则就会受到不同程度的惩罚。去年，熊大能就被逼着喝了一回他们的尿。熊大能虽然挨了杜鹃一记铁头功，但他还是很佩服她的勇猛的，所以，他想让杜鹃当他们的头，对抗镇里初中的那几个坏孩子。

杜鹃将手一挥道:"你们还不都是些瘦狗吃硬屎的破事儿,我才不答应呢!"

大伙听杜鹃这一说,都忍不住捂着嘴巴笑起来。

熊大能涨红了脸,往路中间一横道:"你才是瘦狗吃硬屎的破事儿呢,你不答应,就不能走!"

杜鹃急道:"你还是想打架呀?我们没有保护费,也不要你保护。你要再打坏主意,我明天再告诉老师。"

熊大能也有点急,他一急,就有点结巴:"我……我……我不……是找找找你们要保护费,我我我是想让让你保保护我们!"

杜鹃一听,差点笑出声来,心想,这个熊大,还会让别人保护他?这不是哪根神经开了叉?不会是被我头顶傻了吧?杜鹃捂住嘴巴,没有让自己笑出声来,她走到熊大面前,熊大吓得连忙往后退了几步。

"看你那熊样,没傻吧?"杜鹃笑着伸出手去摸熊大的额头,熊大再退一步,将头偏了一下,涨红了脸说:"我……我没傻!"

杜鹃说:"那你说,你究竟要哪样?"

熊大能喁喁叨叨半天,终于将他的意思说清楚。杜鹃听了熊大的话,既气忿,又害怕,忙摇头说:"我才懒得管这闲事呢,我只管我弟弟不让人欺负,我们王村的同学不受人欺负!"

"你就帮帮我们吧?"熊大后面的几个孩子见杜鹃拒绝当他们的头,都大声求她说。

杜鹃说:"不行不行,我可不敢,我可从没打过架。"

"我们也不一定要打架,只要你去吓吓他们就好了,好啵?"

"你,你们,为什么不告诉爸爸妈妈呢?反而帮他们,真是的!"

熊大能说:"我爸,我妈,都在深圳打工呢,这样的事,我可不敢告诉爷爷奶奶。"

"那,他们呢?"杜鹃指着熊大能身后的几个同学问。

"他们也是。"熊大能小声嘀咕道。

杜鹃一下子沉默了,她觉得他们和自己一样,都够可怜的。她没有说话,向同学们挥了一下手,说:"今天,大家都回家吧,别让爷爷奶奶在家里担心。"

熊大能还想说什么,杜鹃瞪了他一眼,说:"都快回家,别在外玩,他们的安全你要负责。"她说完,将王村的孩子整好路队,回家。

一路上,大伙可乐坏了,特别是豆花,她围着姐姐杜鹃跑前跑后,像家里那只可爱的阿黄狗。

"姐,你真厉害,熊大一伙都要请你保护!"

"鹃子鹃子,你怎么这么牛?我们再也不怕别人欺负了!"

"看熊大那熊样!哈哈哈哈……还好男不跟女斗呢!"

"就是就是,我……我们想请你保护我们!咯咯咯……笑死我了。"

"姐,你会当他们的头吗?他们要你当头也可以,也先让他们每人到茅厕里吃一砣屎!"

孩子们叽叽喳喳,杜鹃好像一点都没听进去,她走在队伍的最后面,一直一言不发,好像有天大的难题摆在她的面前,让她难以做出决断。杜鹃毕竟还只是个孩子,这样的事情,她又不敢告诉奶奶,更不敢告诉老师。她不想管别人的闲事,她只想带好自己的弟弟,保证王村的孩子不受别人欺负,她觉得在王村,她就是大人,是家长。是家长,就有责任保护家里的人,所以,有谁想欺负王村的孩子,她会毫不犹豫的出来拼命。可要她带头与一无所知的大孩子干仗,不要说真干,说说都让她害怕。可是,看到熊大能一伙人被迫走上邪路,成为坏孩子的打手帮凶,她又实在不甘心。

大伙见杜鹃没一点高兴的样子,也都不再像阳雀子闹春一样闹腾,慢慢安静下来,快快地往回走。只有豆花一人时不时地躬下腰，从地上捡起一颗圆石子，猛不丁的弹中路边的竹子或树木，发出清脆的声音。

杜鹃看到豆花弹出的一颗石子击中了一只挂在路边树枝上的刺木瓜，石子没入刺木瓜中，留下一个小洞，似乎突然有了主意，她大声喊道："豆花，你过来！"

被姐姐点名，豆花吓了一跳，他嗫嚅道："我……我没……"

杜鹃笑道："姐又没说（批评）你，你过来哒。"

大伙都停下脚步，围到杜鹃身边。

杜鹃从地上捡了十颗石子，说："豆花，给你十颗石子儿，只要有六颗打中那只刺木瓜，姐就奖励你。"

豆花一听，有点不相信的瞪大眼。以往，姐姐只要看到他弹石子，就要批评他，甚至要打手板心的，可现在却说要奖励他，这是怎么啦？

见豆花不相信，杜鹃说："不敢试是吧？原来你弹石子都是瞎子鸡撞上谷米，碰运气的呀？"

豆花见姐说的是真话，将头一犟道："谁说是碰运气？哼，你看我的本领！"

豆花说完，从姐姐手中挑了五颗石子儿，屏住呼吸，攒足劲道，准都没瞄，啪的一声弹出一颗，只听得扑的一声，石子击中刺木瓜，刺木瓜吊在藤蔓上，晃了几晃。

豆花旋即再连发四弹，每一颗石子都击中了目标，最后一颗石子打在刺木瓜的蒂藤上，刺木瓜从树枝上掉了下来。

豆花又从土上捡起五颗圆溜的石子，瞄准树枝上挂着的另一只刺木瓜，一口气弹出去，那只木瓜也掉落地上。

十发十中，大伙发出一阵欢呼声。豆花得意地望着姐姐，说："姐，我吹牛没？"

杜鹃笑着说："行！姐今晚给你煎荷包蛋吃！"

"姐，你不会就是为了要给我煎荷蛋吧？"

杜鹃神秘地一笑，说："走嘞，我们回家啰！"

大伙都被杜鹃弄得一头雾水，不知她葫芦里到底卖的什么药。

奶奶出事了

刚进村口，家里的黄狗就汪汪汪地跑过来，冲着杜鹃不停地叫唤。杜鹃伸手去摸黄狗的头，黄狗往旁边一跳，将头低在地上，嘴里发出呜呜呜的声音。豆花连忙跑过去蹲下来抱住黄狗的头，亲昵地说："阿黄阿黄，我弹个石子儿，你帮我找回来。"要是以往，只要豆花的石子儿一出手，阿黄就会像箭一样射出去，从草丛中、石堆里将豆花的石子儿衔回来，可这次，它却一下挣脱豆花的搂抱，再次跑到杜鹃身边，一边呜呜地叫，一边咬着杜鹃的裤腿往山边拉。

杜鹃似乎明白了什么，她将书包往豆花手里一塞，就跟着阿黄往山沟里跑。

豆花见状，也将书包往地上一丢，边喊边跟着跑："姐——姐姐——你干吗去呀——？"

杜鹃回头喊道："肯定是奶奶出事啦，豆花，你先回家等着！别跟过来！"

见姐姐说奶奶出事了，豆花跑得更快，一会儿就追上了姐姐与阿黄。

跟着阿黄，姐弟俩果然在一个路边的悬崖下看见了奶奶。

然来奶奶一个人到山里打柴禾，背了一梱柴禾回家时，脚下一滑，摔到两丈多深的悬崖底下去了，当即晕了过去，当她醒过来时，阿黄蹲在一边，不断的冲着她呜咽，她见地上一滩血，吓了一跳，用手摸了一把脸，已是一头一脸的血，她试图爬起来，可一双脚却动弹不得。奶奶在心里暗暗叫苦："这是哦搞的，这么晚了，家里小的也不知回来了没。"阿黄见奶奶醒过来，冲她低声的汪汪了两声，转身冲进村里，在村口等着杜鹃他们回来。

"奶奶，你怎么啦？奶奶——"见奶奶一脸血的扒在路坎下，杜鹃哭着喊了起来。豆花也哇的一声哭了。

"傻孩子，奶奶不是好好的在这里吗？只是不小心摔了一跤，不要紧的。"奶奶咧嘴笑了笑。

"我马上下来救你，奶奶，你忍一下啊！"杜鹃说着，便屁股着地，顺着悬崖往坎下溜。

"你慢点，小心！"奶奶嘱咐道。

杜鹃哗啦一下就从崖上滑到奶奶身边，豆花也要往崖下溜，杜鹃喊道："你别下来，你等一会从上面拉我们！"

杜鹃扶了奶奶半天，奶奶的腿一着地，就疼得额头冒汗，看来想扶奶奶爬上两丈高的悬崖是不可能的，正在着急，阿黄又冲杜鹃叫了两声，转身沿着一条野兽踩出来的小路钻了过去，杜鹃这时不知是哪里来的力气，一咬牙，将奶奶背到背上，猫着腰，蹒跚着，跟着阿黄往前走。

杜鹃也不知摔倒了几次，但她摔倒了又爬起来，背着奶奶继续往前走。她有些精疲力竭，甚至有一种无助的绝望，她在心里歇斯底里地哭喊："爸爸——，你在哪儿呀——？妈妈——你们都在哪儿呀？快回来吧！"但她不敢喊出声，她将泪水与汗水轻轻的甩掉，咬着牙，让自己爬得更有力些。

奶奶哭着说："鹃子，放下我，让我自己爬吧！"

杜鹃咬着牙安慰奶奶："奶奶，你忍住疼，我们一会儿就到路上了。"

扒在杜鹃单薄的脊背上，感受着她汗水湿透的后背，奶奶的心，比伤还疼。

终于钻出丛林，到了路坎边，豆花早等在路上，将奶奶从姐姐的背上扶下来，再将姐姐拉上去，让姐姐和奶奶坐在路上歇一会儿。这时,村里的老人与小孩子们也都闻讯赶了过来,大伙七手八脚的将奶奶抬回家。回到家时,天已黑尽了。但家里的灯全亮着,有人开始为杜鹃他们做晚饭了。

从得知奶奶出事,杜鹃只有一个愿望,那就是一定要将奶奶救回来。将奶奶弄回来了,她就只知道要去医院,要到镇上的医院去,到县里的医院去。可这么晚了,如何将奶奶送到医院去呢?杜鹃真的不知如何办才好。

这时,有人提议将隔壁村里的土郎中葛三爷爷请来,葛三爷爷是远近闻名的正骨高手。奶奶也说:"要保住我这老腿,也只有葛三爷爷能行,这邻近左右,几多跌打损伤,骨头断成几节几寸的,都被他一捏,就接好了,不出三个月就能活蹦乱跳的。"

见这一说,立马就有老人自告奋勇的去接葛三爷爷,有老人安排,杜鹃心里才轻松一些。她要弟弟豆花和两个小把戏相跟着,陪老人去接葛三爷爷,自己在家里,烧水帮奶奶清洗身子,还冲了一个鸡蛋端到床前,让奶奶补补气血。

葛三爷爷来后,将奶奶全身的骨头捏了个遍,除头部外伤外,左腿大腿骨骨折,右腿小腿胫骨断成了三截。葛三爷爷细细的将每一截骨头捏到复位后,敷上生草药,再找来几片竹块,缠上布条,将断处紧紧的夹好,找打好绷带后,对奶奶说:"不要紧,在家里躺三个月就好了。过几天我再来给你换药。"说完,又冲杜鹃说:"娃呀,你可要侍候好你奶,十天之内,屙屎屙尿都要在床上,不能乱动的。"

杜鹃听了,使劲的点头。

葛三爷爷背起医箱,走到门口,叹了口气,说:"唉,作孽哟,多懂事的娃!"

村子里的人都离开的时候,已是大半夜了,杜鹃安顿好奶奶后,将弟弟拉到一边说:"豆花,从明天起,你就是大孩子了,你要自己上学了,知道吗?"

豆花说:"姐,你明天不上学了吗?"

杜鹃说:"你看,奶奶不是摔伤了吗?医生说了,十天不能动弹呢,我去上学,奶奶怎么办?"

豆花犹豫了一下说:"那我也不去上学了,在家帮你照看奶奶!"

杜鹃抓过豆花的手,在他的手掌心里拍了一下,说:"你傻呀?一点小事,还用得着两个人呆在家里吗?听话,明儿一早,你要自个儿上学去。"

豆花低下头,喁喁道:"可是,可是,我怕熊大……"

杜鹃说:"他敢!你给熊大带个口信儿,就说我答应当他们的头!"

"可你学都不上了,怎当他们的头儿?"

"谁说我不上学了?等奶奶能自己动弹了,我不就可上学了吗?"

"哪……"

"还哪什么哪?你明天不仅要自己上学,还要替姐姐带好王村的同学,顺顺当当上学,顺顺当当回家!"

"我……我不行……"

"你行!姐说你行你就行!你不是有绝招吗?"杜鹃用手做了个弹石子儿的动作。

豆花一见,信心一下子起来了,说:"好!姐,从明天起,我替你!"

杜鹃笑道:"真乖,好了,快洗了睡吧,明儿还要走马上任呢!"

没有杜鹃的上学路

没有杜鹃的上学路,虽然大家走得很沉重,秩序却格外好。豆花走在队伍的最后,一边观察着队形,一边想着姐姐叮嘱的注意事项。偶尔有同学走出了队伍，他就大声的喊一声名儿，甚至跑上前去，将出列的同学推进队伍里去，俨然一个大人的模样。

这次，阿黄也在队伍里边，时而跑到前面去探路，时而跑到队伍后面，围着豆花打圈圈，只要豆花叫出谁的名字，阿黄就立马冲到他跟前，用鼻子拱一拱他的屁股。

阿黄是杜鹃要它跟上的，出发的时候，杜鹃不知附在阿黄耳边嘀咕了一些什么，阿黄便寸步不离地跟上了队伍。

一路上，同学们没一个调皮捣蛋的，因此比往常到校还要早一些。

到校后，豆花先进教室放好书包，再到六年级班主任杨老师哪里给姐姐请了假。杨老师了解了杜鹃家里发生的不幸后，用手摸了摸豆花的头，安慰道："你姐是好样的，不要紧，让她安心到家里照顾你奶奶吧，她拉下的课，我会找机会帮她补上的。你在校也要听话，别让你姐担心！"

杨老师的一番话，让豆花的小鼻子有点酸，但他还是把小胸脯一挺，响亮地答道："是！"

当豆花从杨老师办公室走出来时，见操场上围了一圈人，他好奇地挤进去，发现王村的几个孩子正被熊大能他们几个围在中间。

豆花见到熊大能，本能地有点胆怯，正想偷偷地退出来，却被金小小一手抓住了。

豆花的腿颤了一下，结巴道："你……你……想干吗呀？"

熊大能见是豆花，示意金小小放手，他搂住豆花的肩膀道："你姐呢？听说你姐不来上学了？"

一听熊大能问到他姐姐杜鹃，豆花的胆怯去了一大半，他大声说："谁说我姐不上学了？她只是请几天假呢！"

熊大能说："他们都说你奶腿摔断了，成瘫子了，你姐上学不成了呢！"

豆花生气道:"你奶才摔成瘫子了呢,医生说了,我奶只要十天就能动弹了,三个月就能下地干活!"

熊大能笑道说:"你骗谁呢?腿断了能再长出来吗?"

豆花大声解释道:"我奶奶的腿才没断呢,是骨头断了。"

"不都一样吗?哼,反正你姐是上不成学了,那保护费的事也就赖不脱了,你明天得让王家村的同学交钱!"熊大能说。

"我们真的没钱。"豆花说。

熊大能说:"你们没钱,叫我咋办?我收不到钱,他们会打死我的。"

豆花将脖子一倔:"我姐说,有钱也不给。"

熊大能不屑道:"切,你姐说的话有屁用,她有本事就当面给他们说去。"

豆花大声道:"说就说,我姐说了,等她上学了,就去和他们来一场硬的,非要让他们不敢踏蒋村学校的土!"

熊大能不相信道:"真的假的呀?这是你姐说的吗?"

豆花说:"我姐还说,有她在,谁也别想欺负咱!"

"可她在吗?她在哪?我们怎么看不到她?"

"我姐真的过几天就会上学的,不信你去问老师,我刚帮我姐请了假的。"豆花道。

熊大能忙问:"那你姐到底几天能到学校上学?"

"我姐等我奶奶能自己动弹了就会来上学,她还我我告诉你,她答应你的事儿!"

熊大能忙将搂住豆花的手松开,说:"真的假的?她答应当我们的头了?你小子不是骗我的吧?"

豆花涨红了脸发誓道:"骗你的是我家阿黄。"

也许是听了豆花叫它的名字,一直在操场外蹓跶的阿黄突然挤进人群,见熊大能和豆花推推拉拉,冲上来就往熊大能身上扑,熊大能吓得大喊一声"妈妈",直往豆花身后躲,豆花忙喝一声"阿黄!"阿黄回头望了一眼豆花,见豆花没有要它咬的意思,才"汪汪"了两句,摇着尾巴跑到操场外边,扒在地上不动了。

这一天,阿黄还真成了豆花的贴身警卫,豆花上课的时候,阿黄就扒在操场的蓝球架下,眼巴巴地盯着教室门;下课铃一响,阿黄准会一个蹦子跳起来,屁颠屁颠地跑到教室门口去迎接豆花出来;豆花在操场上玩耍,它就不离左右地跟在豆花的屁股后面。

放晚学的时候,金小小突然跑到豆花的面前,附在豆花的耳边,小声滴咕道:"熊大要我告诉你,回家路上要小心点儿。"

豆花不解地问:"怎么啦?"

金小小说:"叫你小心点你就小心点!"

豆花说:"没事儿,咱有阿黄呢!"

但豆花将路队整好,走上回村的山路时,心里还是有点紧张。为了壮下胆,豆花故意大声的喊:"阿黄,你前面带路!"随着豆花的一声令下,阿黄就像一只离弦的箭,嗖的一声射到队伍的前面去了,跑了一会,见路队没有赶上,它又回过头来,踏着碎步,一路小跑地回到队伍的前面。

阿黄在家里的时候,也是最贴豆花的,有时豆花坐在大门口吃饭时,阿黄甚至故意到他的碗里舔食,弄得豆花哇哇大叫,但如果家里的鸡呀猫呀欺负豆花,阿黄准会冲过去,追得满晒场鸡飞猫跳。阿黄受杜鹃指派,担当起路队的护卫,阿黄当然会忠心耿耿地围着豆花转。豆花走路历来是蹦蹦跳跳的,可有了金小小的提醒,走路也格外小心。走了一多半路程,一路上无惊无险,豆花便在心里笑熊大和金小小故意吓唬人,心一放松,走起路来又无拘无束起来,阿黄也是个人来疯,它见豆花调皮劲上来,也开始与豆花逗闹,在他脚前脚后绕来绕去,几次差点将豆花绊个跟头儿。豆花可不是个省油的灯,当阿黄跑过来时,豆花会飞起小腿,在它屁股上踹一脚,被踹了几次,阿黄也乖了,准会在豆花的飞腿近身时,将屁股一扭,让豆花踹个空。

这次,阿黄从队伍的前面直奔豆花而来,豆花以为阿黄又要腻歪他,正准备来个连环腿时,阿黄擦着豆花的身子,箭一般往后去了,还边冲边呲着牙,从嘴里发出低沉的警告声。

豆花感到奇怪,他转过身,突然发现在后面转角的地方,有几个人躲躲闪闪地相跟着,将豆花转身的一瞬,那几个人立马往后一晃,不见了。阿黄跑到拐弯处,冲着那边狂叫了几声,再回头眺望几眼豆花,见豆花没吱声,便有屁颠屁颠地跟过来。

走不多远,阿黄又来一次转身阻击,最后见没有什么危险,便不再理会。一直到进了村,孩子门各自进了家门,阿黄却趴在村口的老柳树底下,任豆花怎么叫唤,它都不肯回家。

温　暖

杜鹃伺候着奶奶大小便后,又烧水给奶奶洗脸,抹了身子,便开始将家里的卫生搞了一遍后,已到了晌午时光,村里的几个娭毑们,拿的拿蛋,拿的拿鸡,都陆续到家里来探望杜鹃的奶奶。

奶奶躺在床上不能动弹,但心里明白,她转动了一下包着纱布的头,难过道:"这躺在床上,死又不得死,活又不得活,还让你们费心来看我,担当不起哟。"

"都是左邻右舍的老姐妹,你客气什么?"

"就是就是,崽女都不在家,有个三病两疼的,我们老姐妹不关照,谁来关照哟!"

大伙你一言我一语,暖心的话说得杜奶奶眼泪巴巴起来。

杜鹃见老奶奶们进屋,连忙泡了茶,递到老奶奶们的手中。大伙见杜鹃这样乖,都感叹不已,杜奶奶叹口气道:"唉,我这一摔，可把我孙女耽误了哟，在家伺候我，学都上不成，如何是好哟！"

"也是，咯乖的伢，耽误了上学可是大事哟！"

"要不，我们几个老姐妹轮流来伺候你，明儿还是让杜鹃去上学吧？"

"对，对对！明儿还是让杜鹃去上学，我们几个轮流来值班！"

"不行不行，这可要折我的寿哟，使不得哟！"

"怎么不行？要是摔到的是我，你们难道就不管我了？"

"就是就是，就这样定了！"

奶奶们你一言我一语，杜鹃都听在心里，她一下子觉得好温暖，在她和奶奶最无助、最需要力量的时候，大伙都来了，还想得这么周到，她忍住泪，一一给奶奶们添茶。

下午的时候，葛三爷爷背着药箱来了，他检查了奶奶头上的伤口，说："不要紧，我的跌打损伤药，效得很！"他又按了按奶奶的腿，笑道："不到一天，这脚就消了肿，比估计的还要好！"

听葛三爷爷的话，奶奶和杜鹃心里都轻松了许多。

刚送葛三爷出门，杜鹃发现村道上来了三个人，她踮着脚望了望，发现竟是闺蜜白老师、班主任杨老师和李校长，杜鹃一激动，竟站在晒场上不知所措起来。

杨老师见到杜鹃，紧走几步，大声喊道："杜鹃，你奶奶好些了吗？"

这时，杜鹃才回过神来，迎过去，低下头喊了一声"杨老师，李校长，白老师"，鼻子一酸，竟眼泪嗒巴嗒巴直往下掉，忍不住放声哭了起来。

杨老师搂住杜鹃的肩膀，轻声安慰道："杜鹃，别怕，有老师呢！有学校呢！这不，我和白老师，还有李校长都来看你和你奶奶来了！"

杜鹃擦干泪水，将白老师、杨老师和李校长让进屋里，杨老师和李校长站到奶奶的床前，询问了奶奶的伤情，问为何不送到医院去，奶奶一一解释，杨老师才放了心。接着她又问杜鹃："你奶奶摔成这样了，你电话告诉爸爸妈妈了没有？"

杜鹃摇了摇头说："没有，奶奶不让我告诉，怕爸爸妈妈担心。再说了，爸妈离家这么远，工作也忙，奶奶有我照顾，不要紧的。"

李校长拍了拍杜鹃的头，赞叹道："真是个坚强的孩子。你安心在家照顾好奶奶，有什么困难只管向学校说。"

白老师虽然没和杜鹃说什么话，但杜鹃分明从白老师的眼中看出了关心与爱，杜鹃心里暖暖的，这段时间来，她觉得自己是真的错怪了白老师，她在心里想，白老师永远是自己的闺蜜，是自己的姐姐。

杜鹃看着李校长和杨老师，本来想将收保护费的事跟他们说，可话到嘴边，还是咽回去了。她说："我明天就去上学，村里的奶奶们说好了白天轮流来照顾我奶奶，我只要夜上搭把手就行了。"

杨老师一听，忙说："好好好！不耽误学习，那太好了，只是，你太辛苦了！"

豆花回到家，见姐正哼着歌儿在喂鸡，便将一天在学校发生的事和路上碰到的蹊跷事跟姐姐说了，杜鹃说："嗯，这个熊大还有救！"

豆花不解地问杜鹃："怎么？姐，什么还有救？熊大也病了吗？"

杜鹃用指头在豆花的额头上推了一下，笑道："他没病，咱们今后是得小心点儿。"

豆花还是不解地问："姐，你说那跟在我们后面的那几个人是谁？他们不会是绑匪吧？"

杜鹃说:"你是看绑匪电视看多了吧?我们又没钱,绑匪跟踪我们干吗?别想多了,咱们快进屋吃饭吧。"

豆花应声道:"嗯,姐,今晚吃什么菜?"

杜鹃笑道:"你最爱吃的荷包蛋。"

豆花将书包往椅子上一丢,大声欢呼道:"哦——吃荷包蛋哟——"

杜鹃望着弟弟笑眯眯道:"别急别急,跑不了你的荷包蛋,我们先伺候奶奶吃了,我们再吃。"

豆花一听,忙听话地拿了碗,帮奶奶盛饭。

杜鹃说:"真乖。"

夜深了,杜鹃收拾好家里的一切,才洗了手脚,爬上床。月光从窗子里透进来,照在床上,洒在弟弟脸上,她分明看到,弟弟的眉头皱得那么紧,一点也不像一个八九岁的孩子应有的样子,连睡梦中都是那么的紧张巴巴,她甚至还看到弟弟眼角有一颗泪,在月光下反射出莹莹冷光。杜鹃叹了口气,用手小心翼翼地将弟弟眼角的那颗泪拭去。

杜鹃睡不着,她又爬起来,检查了一下房门是否栓好了,见每一扇门都栓得紧紧的,才再次爬到床上躺下。

她闭上眼睛,但脑子里却没一点睡意,她便按奶奶教的法子,在心里数屋顶的瓦片,可数到一万片,估计将家里屋顶的瓦片全数完了,仍然睡不着,她索性睁开眼,想起了心事。

她看着那悬在窗户上的半边月亮,听着秋风吹在竹叶上沙沙的声响,还有墙角传来的蛐蛐儿的鸣叫,她真的好想爸爸妈妈呀,如果此时,爸爸妈妈在身边,那该多好呀!她在心里一遍又一遍喃喃地喊:"爸爸,你在哪?妈妈,你在哪?你知道奶奶摔伤了吗?你们知道我和弟弟多想你们吗?其实,奶奶也想你们啦,只是她怕你们担心,才不许我告诉你们,奶奶痛得那样厉害,葛三爷爷帮她捏骨头,骨头嘎吱嘎吱响,她硬是没吭一声,她是怕我们害怕呢！爸爸，妈妈，你们什么时候回来？过年的时候能回来吗？"

杜鹃的眼泪也突然溢了出来，好久杜鹃都没有流过泪，更没有哭过了，她好像躺在妈妈的怀里，大声的哭喊，她多想躺在爸爸的怀里，让爸爸用胡子扎她的脸蛋，但她不敢哭，她将头偏向一边，咬住被角，任泪水泗流。

杜鹃做了一个梦，她梦见爸爸妈妈回来了，她站在门前的老柳树底下，奶奶也站在老柳树底下，弟弟见爸爸妈妈背着大包小包进了村，高兴的跑过去，大喊："妈妈——爸爸——"

杜鹃突然惊醒，见豆花真的在喊："妈妈——爸爸——"

捐　款

由于村里的老爷爷老奶奶自发的组织轮流照顾奶奶，杜鹃只在家里呆了三天，就返校继续上学了。

一到校，杨老师就对杜鹃说，学校准备给杜鹃奶奶组织一次全校性的捐款。

杜鹃一听，心里想，自己家里的事儿，怎么能要别人的钱呢？找别人要钱，是多丢人的事儿呀？不行，坚决不行！于是忙拒绝道："老师，真的很谢谢你们，但我奶奶不要紧的，也没有大问题，不需要大家捐款的。"

杨老师知道杜鹃要面子，就说："这有什么关系呢？一人有困难，大家来帮忙，是一件多好的事儿呀！"

杜鹃道："不行，真的不要！要捐，就捐给家里更困难的同学吧！"

杨老师笑道："还有谁比你家里更困难吗？你就不要说了，这是学校的决定！"

杜鹃倔强："反正我不要捐款！"

杨老师将脸沉下来，说："你这孩子，怎么这样倔呢？学校组织给你捐款，可是一件非常有意义的事情呢，一是学校要在全校开展讲孝道的教育，你是一个很好的典型。二是现在同学们中缺少一种助人为乐的精神，学校决定抓住这个机会，在同学中弘扬这种精神，多好的事儿呀！三是同学们大多是留守儿童，心里都有着一种非常微妙的自我保护和自我封闭心理，拒绝与其他同学交心，学校希望通过这个活动，让同学们的心能交融在一起。杜鹃同学，希望你能配合学校的工作！"

杜鹃虽然心里极不情愿，但她是一个懂事的孩子，觉得学校的这样做的良苦用心，还是点了点头。

但杜鹃心里有了另一个打算。

星期一的升旗典礼上，学校如期举行了一个为杜鹃奶奶的募捐仪式。李校长介绍了杜鹃奶奶受伤的情况，并讲述了杜鹃救奶奶的故事。杜鹃的坚强与勇敢，将全校同学感动得不行，同学们你一元我两元将自己的零花钱塞进主席台前的捐款箱里。

特别是熊大能同学，一下子捐了二十元钱，金小小也捐了十元。

通过清点，全校共捐款一千二百一十八元，当李校长将钱交到杜鹃的手里的时候，杜鹃哭了。杜鹃虽然从内心里排斥学校的这次活动，但她还是被同学们的真情所感动，她觉得，虽然爸爸妈妈不在身边，虽然在别人的村庄上学，但有老师，有和自己一样的同学在自己左右，自己并不孤单。她将老师递给她的一包零零碎碎的纸币抱在胸口，就像抱着一团火。

从主席台领了捐款下来，杜鹃就一直以一个不变的姿式将钱抱在胸口，她从来就没有见过这么多钱，更不用说拥有这么多钱了，所以生怕把这一笔"巨款"弄丢了，以至她抱着钱的手都有些抖。上课的时候，她将钱交给杨老师，请杨老师帮她将钱存到镇上的信用社去。当杨老师接过她递过去的钱的时候，她的全身感觉一轻。

下午放学时，杨老师将杜鹃叫到办公室，将一个崭新的存折递给杜鹃，杜鹃说什么也不肯接了，她说："老师，这存折就放您这儿吧，我……我拿着这么多钱，真的很害怕。"

杨老师说："如果你觉得放你那儿不安全，先放到老师这儿也行，当你要用的时候，再找老师要。"

杜鹃说："嗯，老师，我可以自己作主如何用这笔钱吗？"

杨老师笑道："你这傻孩子，这是你自己的钱了，你当然有支配的权利。"

杜鹃听后，开心地笑道："那就好，我想用这钱买一些新图书，借学校的空房子办一个书屋，让同学们中午都有自己喜欢的书看。"

杨老师吃了一惊说："这怎么行呢？这是同学们捐给你，给你奶奶看病的钱呢！"

杜鹃认真地说："老师，您不是说这钱是我自己的，我有支配这钱的权利吗？"

杨老师一时语塞，杜鹃接着说："这可是您刚才亲自对我说的哟，不许不认账！"

杨老师沉吟了一会，说："这事，我得向学校汇报一下！"

杜鹃听到，高兴地说："好，我等着您的好消息！"

将捐款作了处理后，杜鹃心里格外高兴，她从老师办公室出来的时候，几乎是一边唱一边跳，弄得同学们以为她又得了一个大彩头，都围过来问她有什么好事，杜鹃故作神秘地一一回答："无——可——奉——告——"

这些日子，杜鹃从来没有这样高兴过，她觉得自己做了一次她生命中最大的最美好的决定，她甚至在心里都已经为书屋取好了名字——爱心书屋。这个名字多温暖，多有意义啊！它见证了同学们之间无私的爱！她还打算将今后爸妈每月寄给她的零花钱积攒下来，还要动员弟弟也将零花钱积攒下来，动员同学们将零花钱积攒下来，买很多很多好看的图书，让爱心书屋里全是好看有图书。

回家路上，杜鹃格外兴奋，她将队伍整得整整齐齐，还组织同学们边走边唱歌，《打把归来》、《外婆的澎湖湾》，还有《洗涮涮》、《双截棍》，一支连着一支，把傍晚的山路唱得山鸣谷应，路边丛林中的鸟雀也被惊得纷纷扑愣扑愣直亮翅膀。

回到家里，豆花兴奋的问杜鹃："姐，我们是不是发财了？"

杜鹃一愣，反问道："发什么财呀？"

豆花说："学校不是给咱捐了一千多块钱吗？姐，这个星期六咱们到县城去玩吧？我想吃肯德鸡！"

杜鹃在豆花的鼻子上刮了一下，说："你这个小馋猫，肯德鸡哪有自家的土鸡好吃，星期六我把家里的那只黑母鸡杀了，炖汤给你吃。"

"我才不吃家里的黑母鸡呢，我要吃美国的肯德鸡，听三娃说，他妈从广东回来，就给他带来肯德鸡，美国的鸡是三条腿儿，可好吃了。"

杜鹃把脸一沉，说："不行！这钱不能乱用的，再说，也没钱了。"

"那么多钱，怎么就没了？钱呢？你偷偷的一个人用了吗？"

"傻瓜，姐怎会偷偷的一个人用呢？我把钱放老师哪儿了，你不是喜欢看《葫芦娃》、《大力水手》吗？姐打算用哪钱，买好多好多好看的书，比《葫芦娃》还好看的也要买，你说好啵？"

"好呀好呀，可，我们的钱，不就没有了吗？"

"怎么是我们的钱呢？那是大伙的爱心款，我们就用那钱做爱心事儿，多好！"

豆花听姐这样说，虽然有些失望，但他对图画书的喜欢，并不亚于肯德基，便叹了口气，说："我还要看《光头强》，姐，有

《光头强》的图画书吗?"

杜鹃摸了摸弟弟的头,说:"有,肯定有!"

豆花便高兴起来,在床上学着光头强的样子走了一圈,突然,他好像想起了什么似的说:"姐,听金小小说,镇中学的黄毛儿要咱们把这钱交给他们呢,你把钱放老师哪儿了,他就拿不到了,真好!"

杜鹃一愣,问道:"是金小小跟你说的吗?"

豆花点点头:"嗯,他还说,如果你不交,黄毛儿他们就到咱家里来拿,拿不到就抢,抢不到,就趁咱不在家,对奶奶不客气!"

杜鹃听了,沉吟了一会,拍了拍豆花的屁股,说:"他们敢!不怕,有姐在呢,豆花乖,咱睡觉。"

决　斗

秋天一过,天气就转寒了,日子也一天比一天短,王村的孩子每天天刚放亮就得上学,晚上放学基本上到天黑才得进家门。奶奶的伤一天比一天好,已能挂着双拐下地活动了。奶奶是个闲不住的人,一能动弹,就急着喂鸡饲猪,还早早的将晚饭做好了,只等孙子孙女回来吃饭。

随着奶奶的伤情好转,杜鹃的压力小多了,心情也格外的轻松。但还是有一事,让她格外担心,那就是镇上初中的黄毛儿到学校来收保护费的事。

熊大能有几次在杜鹃面前急得哭鼻子,因为那几个同学下了几次最后通碟,如果熊大能不能将蒋村小学拖欠的保护费交去,就会对他不客气。自从见识过杜鹃的厉害后,特别是杜鹃警告他不许向同学收保护费后,熊大能就不敢在学校收同学的保护费了。可是,熊大能是见识过那些人的手段的,所以他害怕极了。

杜鹃好多次想将这事告诉老师的，可如果告诉了老师，不等于将熊大能一伙同学找其他同学收保护费的事也告诉老师了吗？她可是答应过熊大能，只要他不再找同学收保护费，她就不将这事告诉老师的呀！

杜鹃决定与镇中学的那几个人见一面。她让熊大能传话，约了星期五放学后到学校后面的河洲上谈判。

相约谈判，是杜鹃从电视上学来的，她觉得谈判是解决争斗最好的办法。但是，真的要轮到自己也要用这种办法解决问题，她感到既刺激又兴奋，同时更紧张和害怕。她觉得她代表的是蒋村学校，如果没有将这个问题解决好，她就将对不起蒋村学校。所以，她将这次谈判看得很重要。杜鹃在心里盘算，一定要让对方自动放弃打架，用比赛的方式决定胜负。比什么呢？她在心里早盘算好了，第一局比弹石子儿，这局由豆花代表蒋村学校上，对方估计没有人是豆花的对手。第二局比摔跤，这一局由熊大能上，熊大能壮得像头熊，估计对方也没人能将他摁倒在地上。第三局比斗牛，就是双方站定后，弯下腰，以头顶相对，像牛顶架一般，如果哪方被对手顶退了三步就算输。这一局由自己亲自上阵，杜鹃头颈特有劲，她相信自己不会输。这场比赛三比二胜，如果对方输了，就再也不许到蒋村小学来欺负同学。她首先吩咐熊大能、金小小、豆花等几个同学到了谈判那一天，让谁上就得谁上，哪个也不许退缩。

熊大能以为杜鹃让他上阵与对方打架，首先就有些怕了，杜鹃打气说："怕什么怕，不是有我压阵吗？"

在杜鹃的一再打气下，大伙才斗志高涨，准备与对手来一次决斗。

很快，星期五到了。

放假后，校园后面的河洲上很空旷，柳树上，还有几只蝉在吱呀吱呀地叫，当杜鹃带着十几个同学来到河洲上的柳林里，镇中的几个同学早已等在哪里了,他们坐地林下的卵石堆上,一边抽烟,一边大声的说笑。他们见杜鹃果然如约,便都从地上爬起来。

杜鹃看到从地上爬起来的七八个人,都长得瘦瘦精精,心里就有了底,在心里暗暗笑熊大能,自己长得像一只熊一样,怎么就怕了这几只瘦猴子呢?

熊大能见杜鹃用眼瞄他,以为杜鹃让他发话,就主动对双方作了介绍。

对面被熊大能称作黄哥的孩子,不仅瘦,而且矮,但他那样子,却吊儿郎当,歪着个头,一头的黄头发吊在一边忽闪忽闪,一手还夹着一支烟,嘴里不停的吐着烟圈儿。他慢慢走到杜鹃面前,似笑非笑地问:"你,就是杜鹃?"

杜鹃绷着脸,说:"是呀,我就是杜鹃。"

黄毛儿笑道:"是你不许熊大能收保护费,还要和我们谈判?"

杜鹃镇静道:"是呀。"

"你不是已经收了保护费吗?你想一个人独吞?"

"你胡说,我什么时候收了保护费了?"

"上个星期,你都得了一千多块钱,莫以为我不晓得!"

"那是同学们的爱心捐款,怎么是保护费?"

"什么捐款,反正是大伙的钱,你就不能独吞,这样吧,你把那钱交出来,你们蒋村小学的保护费就一笔勾销!"

"钱我已交给老师了,我这没钱了。"

"扯话吧?没钱还谈什么鬼判呢!你是故意气老子的吧?"黄毛儿斜了杜鹃一眼。

"你们收保护费本来就不对,我是来告诉你们,以后不许到蒋村学校来了。"杜鹃义正辞严地说。

"你那不是说笑话吗?你是想打架吧?"

"我才不和你们打架呢！"

"不想打架，就别说多了，按月让熊大能把保护费交过来。"

"我要和你们比赛。"

"比赛？那不是扯事？谁和你们比什么鬼赛啰？要打架就来，我们打输了，从此不踏进蒋村的地儿，你们输了，乖乖的将钱交过来。"

"收保护费就不对，打架更不对，我去告诉老师！"

"哈哈，你敢去告吗？告诉老师，无非被学校开除，我们正不想上学了呢！到时，怕你也上学不成！"

"你……你无赖！"杜鹃气忿道。

"你这不是说笑话吗？我们本来就无赖呀！"黄毛儿轻蔑道。

杜鹃的计划，被这伙不讲理的人彻底打乱了，她本打算和他们比赛弹石子、摔跤和斗牛的，可他们偏要打架。如果打架，打出了事儿怎么办？

不行，还得制止这场战斗。她看了看不可一世的对手，说："打就打，不过，你先和我单打，如果你打不过我，你得听我的。"

那小子一听，也不说话，突然从口袋里掏出一块石头就往杜鹃头上砸，可他握石头的手还没落下来，就尖叫一声，将手中的石头一丢，用另一只手去捂握石头的手。

原来站在一边的豆花，也早已将一把石子儿藏在裤兜里，他见那黄毛儿从口袋里掏家伙，就暗暗做了准备，当他看到那家伙的石头要砸到姐姐的头上时，手一扬，手心的石子儿像一颗子弹射中那家伙的手背。

杜鹃也不含糊，她见豆花得手，对着黄毛就是一个扫蹚腿，将他扫了一个屁股墩儿，紧接着一手扼了他的手腕，将他的手反锁到背后，让他动弹不得。

黄毛儿被制住，嘴里不停地哎哟哎哟地叫唤。他手下的那班人见头儿被制住，本想一哄而上，杜鹃见状大喝道："哪个敢上来，我就扭断他的胳膊！"

黄毛儿一听，忙喊道："别上别上，我们不打了！"

杜鹃问："你们还敢到蒋村来吗？"

黄毛儿腆着脸说："不来了不来了，保证不来了！"

"也不许到别的地儿找人收保护费，不然我去告诉老师，让学校找你大人收拾你！"

"好好好，你快松手，我疼死啦！"

杜鹃见黄毛儿求了饶，将手松开，说："还不快滚！"

黄毛儿从地上爬起来，甩了甩胳膊，用嘴巴吹了吹手背上的红包，呲牙咧嘴地跑到自己一边，挥了挥手，带着那班虾兵蟹将，灰溜溜地走了。

熊大能一直在一边颤颤惊惊，见自己的煞星终于败阵而逃，立马蹦了起来，大喊道："哦！我们赢啰！我们赢啰！我们再也不用交保护费啰！"

河洲上立马响起一阵欢呼声。

不能再这样了

杜鹃以为通过这一次决斗，镇中的几个坏同学就不会再到蒋村小学来收保护费了，同学们就不会受到欺负了，可杜鹃他们高兴得太早了。

星期一一大早，杜鹃看见熊大能，大吃一惊，熊大能额头上贴了一块创可贴，眼睛鼻子也是青一块紫一块的。熊大能见了杜鹃，远远地扭头躲到一边去，杜鹃见状，忙追过去，一把抓住熊大能的胳膊，问道："熊大能，你这是怎么啦？"

熊大能将杜鹃的手一甩，哭丧着脸说："不关你的事，你再也莫管我的事了，好啵？"

杜鹃一愣，问："到底怎么啦？摔伤了，还是和人打架了？"

熊大能见挣不脱杜鹃的手，着急地说："求求你，让我走吧，反正不关你的事，我要上课啦！"

杜鹃抓住熊大能的手就是不放，追问道："到底怎么回事？你不说，我就不放手！"

这时熊大能哇的一声哭了起来："还不都是你？你把黄毛儿他们打了，他们收不到保护费，把事儿都摊我身上了，看，这都是他们打的，他们昨天到我们村，将我拉到一边，狠狠地揍了一顿，我身上现在还疼呢！"

杜鹃一听，气得不行，她对熊大能说："不怕，今天放学，你带我去找他！"

熊大能一听，吓得两腿发抖，不断的求杜鹃道："我的姑奶奶，我的大姐姐，我求你了，你再去找他，我就死定了，今后，你再不要管我的事，我今后保证不找王村的同学要一分钱，好吧？"

"不行！我得找他们算账！"

"你就算了吧！他们还让我捎话给你呢，如果今后你再多管闲事，不仅要废了你，还要对你奶奶和豆花不客气。"

杜鹃听得肺都气炸了，她想，看来这事儿不简单，要不要将这事告诉老师呢？告诉老师了，黄毛儿又不是本校的同学，老师管得了他们吗？就算老师知道了，告到镇中学去，黄毛儿被中学开除了，他们不是更加高兴吗？

杜鹃面对这事儿，不知如何是好！

杜鹃放开熊大能，熊大能擦了一把眼泪，一拐一拐地跑进了教室。杜鹃愣愣地望着熊大能的背影，重重地叹了口气。

真的不能再这样了，得想个办法将这事儿解决。

可什么样的办法才是最好的解决办法呢？

对，得找老师，这事儿唯一的办法就是让学校知道，由老师出面。可是，她已答应了熊大能，不告诉老师的，如果学校知道了这事，熊大能会被开除的。

唉，真是左右为难呀。

杜鹃突然想到一个人，那就是闺蜜白老师。虽然到蒋村小学后，白老师对杜鹃已没有在王村时那样热情，有时对面碰上也只是笑一笑，但杜鹃还是认为是因为老师太忙了，在新的学校，班里的学生是王村的几倍呢，她每天走路都快些，天天埋在作业堆里呢。再说了，自己也没有太主动去找她，如果自己有困难，她只要知道了，一定会管的。

这一天，杜鹃一直纠结着，上课都不知道老师讲的什么。不管怎么说，这毕竟是个大事儿，杜鹃的心好像被一团破絮堵住了，憋得喘不过气来。平时，只要老师提出问题，她总是积极地举手回答，可这天，老师几次点她的名提问，她都好像没听见。

下课时，杨老师将杜鹃叫到办公室，见杜鹃心事重重的样子，问道："杜鹃，你怎么啦？奶奶的身体还没好吗？"

杜鹃摇摇头，不知如何回答。

老师又问："那你今天怎么这么不在状态呀？"

杜鹃没有回答老师的问题，而是反问老师道："老师，如果……如果同学不听话，找小同学收保护费，还专门欺负小同学，学校是不是要将他开除呀？"

杨老师一愣，问道："学校有同学找小同学收保护费吗？"

杜鹃点了点头，又忙摇头道："不是，他不是有意的，他也是被别人逼的！"

杨老师问："你是指的熊大能同学吗？"

杜鹃忙摇头道："不是不是，老师知道这件事吗？"

杨老师见杜鹃有点矛盾的回答，追问道："这里面的事，你全部知道吧？你怎么不告诉老师呢？"

杜鹃见老师好像知道了什么，忙否定道："不……我真的不知道，老师，会不会开除……"

"那要看性质严重程度。"

"如果开除了，不是更没有人管他们了吗？"杜鹃有点着急地问。

"这……"杨老师也不知如何回答这个问题。

杜鹃一急，说话就有点打不住，她小声说："那熊大能和黄毛儿他们的事，我就更不能说了。"

杨老师笑道："杜鹃同学，你既然知道这事儿，就应该报告老师，其实，方小强同学已经将这事向老师报告了，学校也已经知道这些事了，只是还在调查之中，我们知道你直接参与了这件事，你的正义和勇敢老师很佩服，但你毕竟还小，不可能处理得了这么大的问题，你要配合学校，共同来解决这些问题。你也应相信学校，一定能处理好这些问题的。"

听了杨老师的一番话，杜鹃心里突然惭愧起来，没想到方小强那个小人儿，正义心比自己都强！这事本来与方小强没多大关系，但他却能勇敢的站出，可自己却前怕狼后怕虎，以至将问题越弄越复杂。如果早将这事告诉了老师，让学校出面，这些事不是早解决了吗？杜鹃想到这儿，心中的结突然解开了，她将这些日子里发生的这些事一古脑儿全部告诉了杨老师，杨老师再三叮嘱她，这事儿暂不要在外面说，一有情况，要及时报告老师。

杜鹃轻松地不断点头，出门的时候，杜鹃不放心地对老师说："老师，熊大能真的是被逼的。"

杨老师笑道："嗯，老师知道了。"

放学路上，杜鹃的心情格外轻松，她将同学们的队伍排得整整齐齐，还指挥同学们唱了好几首歌，同学们更是唱得特得劲儿，特别是豆花，唱得脖子上都冒出了几条蚯蚓一样的青筋。因为豆花知道，只要姐姐让同学们在路上一路歌声，准有好事儿，所以他也就高兴得不得了。

正当他们唱歌唱得最来劲的时候，走在最前面的同学突然停住了，指着前面的河道大声喊："鹃子姐姐鹃子姐姐，你看河里有人在游泳呢！"

杜鹃一听，笑道："乱说，这么冷的天怎么会有人游泳啰？"

豆花也叫道："姐，是真的有人在游泳呢，看，潭里有人在打水仗呢！"

杜鹃顺着豆花指的方向一看，果然有人在水里扑腾，岸边还有几个人在乱跑乱叫呢。杜鹃却得这事好蹊跷啊，这么冷，会有人游泳吗？不会是有人掉水里去了吧？她这样一想，大叫一声："不好，有人掉水里去啦！"

随后，她将书包一丢，直奔河道而去。

豆花也紧跟着姐姐往河边跑，当他们跑到河边时，果然见有人落水，便毫不犹豫的往水潭里扑。

豆花眼尖，他发现在河岸上急得乱蹦乱跳的人是黄毛一伙，便喊道："姐，你别救他们，他们是坏人，是黄毛他们一伙的呢！"

杜鹃虽然是个女孩子，可从小就在河边长大，不仅会游泳，对于这条小河，几乎是每一个水潭都熟悉，她知道这个水潭子并不深，对于她这样的游泳高手来说，一个猛子下去可以围着水潭潜一圈，所以下水救人一点都不害怕，可当豆花说是黄毛他们一伙，她还是犹豫了一下。

她也只是犹豫了一下，还是扑向了水中。潭水果然不深，还不及她的胸，但对于不会游泳的人来说，照样是鬼门关，杜鹃站在水里，伸手抓住那个在水里沉浮扑打的人的头发就往岸边拉，豆花见状，也跳入河中，大喊："姐，快，你快拉住我的手！"他说着就伸手拉往姐姐，杜鹃喊道："豆花，你疯了？快上岸！我没事儿！"

豆花着急地说："不，我拉你，姐，快拿手来！"

杜鹃笑着说："好好好，你拉姐姐一把！"

豆花忙拉住姐姐的手，姐弟俩相帮着将落水者拉到岸边，在岸上的人也七手八脚的帮忙，将人救到河洲上。

落水者扒在河洲上，咳嗽了几声，口里喷出一口水后，"哇"的一声大哭起来。

见那人没事了，杜鹃才认真打量落水者，果然就是那个黄毛，看，那稀稀的几撮黄毛紧紧在贴在精瘦的脸上，躺在河滩的卵石上，全身瑟瑟发抖，真是可嫌又可怜。

杜鹃也全身湿淋淋的，因为水太冷，她一连打了几个喷嚏，豆花的裤子也全湿了，但他顾不上自己，忙将自己身上的棉衣脱下来往姐姐身上穿，那黄毛的朋友还算知趣，见黄毛得救了，对着杜鹃姐弟俩不停的说着"谢谢！对不起！"

杜鹃说："还不快脱两件衣服给他换上！"

黄毛的朋友连连说："是是是！"

同学们也都围过来，有的不停的关心杜鹃和豆花，有的则不停地指着黄毛说不"活该！"

大伙见杜鹃和豆花也冷得不行，每个人脱下一件衣服，让杜鹃姐弟俩换上。

恐怖的报复

姐弟俩换好衣服，身子暖和多了，杜鹃又在沙地上跺了跺脚，说："豆花，来，姐姐和你撞油！"

撞油是乡下孩子冬天常做的游戏，因为天气冷，几个孩子就互相用肩膀你撞我一下，我撞你一下，直撞得浑身发热，额头冒出微汗。

豆花一听姐姐说撞油，又一下子来了劲，他将身子矮一下，斜着肩膀就往杜鹃身上撞,杜鹃也忙将身子矮下来,用肩膀迎击。同学们一见,也纷纷加入到撞油的行列中来,同学们还一边撞一边念:"撞油——打油——,揭瓦——上墙——,爷骑白马——,娘抛绣球——"

黄毛的朋友几个也七手八脚帮他换上衣服,扶着瑟瑟发抖的黄毛站在一边看王村的孩子玩撞油的游戏,眼里全是羡慕的光。

终于发热了,杜鹃大声喊:"停!不玩了,快黑啦,我们快回家,大家注意了,这件事,回家后平许对任何人说,听到吗?"

大家一听,都停了下来,并异口同声地说:"听到啦——"

当大家再次整好队,准备回家时,那黄毛突然喊:"杜——你——等一下,我有件重要的事要告诉你!"

杜鹃一听,停下来,望着黄毛说:"又是什么鬼门径?快说,你们不回去,我们还要回去呢!"

黄毛低下头,小声说:"对不起,谢谢你救我。我……也没什么,反正,今后你们要小心一些,有人要害你们!"

杜鹃说:"哼!我们才不怕呢,你们不也想害我们吗?看?谁怕谁?"

黄毛说:"你……真的得小心点儿,他们太恶啦,你们得注意点儿!"

"你怎么知道有人要害我们?"

"我……"

原来,因为在蒋村小学收保护费的事受阻,黄毛将情况告诉了上面的人,上面的人就很生气,觉得如果今天放弃了蒋村小学,明天就会失去花村小学,后天就会失去张村小学,最后所有的地盘都会丢失,所以,他们决定要给领头的这个小丫头一点厉害尝尝。今天,黄毛他们就是被派到王村去踩点的。

因为还没去过王村,又不知杜鹃的家在哪,黄毛他们几个就等在王村同学放学的路上,等他们过去后尾随跟踪。

因为来得早了点儿，黄毛他们几个孩子无聊，就在路上追打，黄毛的一只鞋子跑掉了，被另一个孩子捡到，随手一抛，没想到竟被抛到路边的河里去了。黄毛忙捡了一根棍子，到河里去捞他的鞋子，没想到鞋子被冲到水潭里了，水潭边是沙坡，用力一踩，就滑到水里去了，黄毛不懂水性，更不懂河道的情况，一跌到水中就慌了神，越是挣扎，河底沙子越往深处滑，结果可想而知。幸好这时杜鹃他们及时发现，才救了他一命。

黄毛想到杜鹃不记前嫌，竟然不顾一切去救他，心里既感激，又惭愧，决定将真相告诉她，要她小心。

杜鹃相信这次黄毛不会说假话，毕竟她救了他一命，再说，杜鹃从黄毛胆怯的眼神里也看出了消息的可靠性。所以，一回到家里，杜鹃将房前屋后都检查了一遍，将凡是能进入房子的窗子都一一关好栓好，临睡前，她不放心，再检查了一遍，觉得万无一失了方才上床。

可躺在床上，杜鹃再一次失眠了，她回想到蒋村上学后发生的一些事，虽然觉得自己太莽撞，但她每做的一样事都没有违背自己的意愿，如果让时间重来一次，她照样会这样做，只是会处理得更好。特别是今天救黄毛的事儿，如果她因为记恨而打了退堂鼓，黄毛没了，她会后悔一辈子。再说了，今天救了黄毛，也不仅是救黄毛一命的事儿，黄毛能将事情的真相告诉自己，说明他的良心还没全烂掉，说不定从这件事儿开始，他就改邪归正了呢，这不还救了他一颗心吗？

通过这一连串的事儿，杜鹃还有一个感受，那就是自己成熟多了，碰到许多事情，会前思后想，该做的事，能毫不犹豫地去做，自己做不了的，会努力去做，有时还会借助别人的力量去达到目标。

杜鹃越想越兴奋，可豆花却早已进入了甜甜的梦乡了。她轻轻在弟弟的脸上捏了一下,觉得弟弟又长大了不少,竟然知道疼姐姐啦,今天竟然也毫不犹豫的跳到水里,去拉她一把!不过,这事儿,今后决不允许发生,多危险啦!

杜鹃将被子拉了拉,把被角压紧,盖住弟弟露在外面的肩膀,拉熄了灯。

杜鹃也不知自己是什么时候睡着的,一觉醒来,天已是大亮。

杜鹃起了床,她照例先要打开大门,喂猪饲鸡,再将弟弟从床上弄起来,做了简单的早餐后再上学。这以往都是奶奶做的事,自从奶奶摔伤后,杜鹃就把这事儿接下来了。

可她将推开大门,就被一阵臭味儿冲得差点吐了。她迈出大门,又差点摔一跤,只细一瞧,门口、大门上,全是臭烘烘的大粪。杜鹃连忙用手捂了嘴巴,跑到晒场上,大口大口的吐了起来。

要是往日,只要杜鹃出门,阿黄准会从窝里跑出来,围着她跳来蹦去,可这时,不管杜鹃怎样唤,也不见阿黄的影子,杜鹃的心一紧,围着屋前屋后转一圈,竟发现它倒在晒场前的石级下,嘴角还有一滩血污。杜鹃见状,叫了一声阿黄,跑过去,抱起阿黄哭了起来。一会,她好像想起了更大的事儿,放下阿黄往猪圈跑,只见那只近两百斤的大肥猪,也一动不动的倒在食槽边。

杜鹃一下子几乎疯了,她跑到晒场上,放声大哭起来,她的哭声将奶奶与弟弟也吵起来了,村子里其他的老人们也被她的哭声惊动,以为是好奶奶又出了什么事,见她家的惨状,都气得牙痒痒的,有人还打了110报警电话。

很快,派出所的民警叔叔来了,他们寻问了一下情况后,将猪食等取了样就离开了。

派出所的干警叔叔果然根据杜鹃提供的信息,破了这个投毒案。原来，正如黄毛所说，那几个人为了报复杜鹃，夜里派了到杜鹃家里，投了在街上买的老鼠药。他们本来是要黄毛带人来干这事儿的，黄毛以掉到河里差点淹死为借口不肯参与，躺在小旅馆里假装生病了，并将湿衣服拿出来为证。当然，黄毛他们几个统一了口径，将被杜鹃救起的这一节省去了。

当派出所的民警叔叔敲开黄毛他们的房间，黄毛听到民警叔叔的审问，得知杜鹃家里的人没出安全事故，悬着的心才终于落了地。黄毛跟着民警叔叔到了派出所，主动将自己知道的事儿，参与了的事儿，竹筒倒豆子似的一古脑儿全倒了出来。原来，黄毛他们几个也是留守儿童，因为缺少管教，被城里的一个叫"飞天五兄"的黑团伙控制，专门找学校里的留守孩子收取保护费，只要谁不听他们的，就会采取殴打、恐吓等手段，达到目的。"飞天五兄"在每个乡镇都收了"小弟"，这些"小弟"又在下面的一些学校收"小弟"，再由这些"小弟"为他们收保护费。

平时，黄毛在学校做了不小坏事，虽然学校知道了，也拿他们没办法。这次把事儿闹大了，派出所把他们抓来，关了一天，教育了一番，每个孩子都写了检讨书，保证再也不做违法的事儿了。最后还是通知学校和他们的爷爷奶奶们，将他们领了回去。

消息传到学校这一天，熊大能哭了，他说，他再也不用找小同学收保护费了，每次找小同学要钱，其实心里都吓得要死，生怕哪一天被老师知道，更害怕被在外打工的爸爸妈妈知道，如果让他们知道了，他们不知有多伤心呢。

杜鹃家里虽然损失不小，特别是心爱的阿黄死了，让她和弟弟伤心欲绝，但同学们终于可以安全地上学了，她觉得，这个牺牲很值。她和弟弟将阿黄埋在村口的老柳树底下，并在老柳树上刻了几个字：阿黄之墓。豆花说，每次放学回家，他都能看到阿黄，它就蹲在老柳树底下，向着他们不停地摇着尾巴，那尾巴尖上的一撮白毛，就像一面小白旗，飘呀飘。

暖 雪

通过这一事，杜鹃把所有的事儿都向老师作了汇报，学校对杜鹃反映的情况非常重视，成立了校园巡查队和路队护送队，专门保护校园和学生上下学安全。杜鹃自高奋勇的报名参加了护校学生志愿队，并被大伙推选为队长，熊大能、金小小、豆花也成了小小护校志愿者。

自从这件事情过后，学校真的安静多了，再也没有校外孩子到学校找麻烦了，同学们全都安心地投入到期末紧张的学习当中。

豆花的学习积极性也得到了很大的提高，上课开小差的习惯也彻底改掉了。他的好朋友方小强是班上的学习标兵，每天中午俩人不仅在一起玩打石子的游戏，还俨然是个小老师，凡豆花没听懂的地方，或者是不会做的题目，他总是不厌其烦地给他讲解。为了让豆花和方小强共同进步，老师还将他们编到一个学习小组，编到一桌，他们之间的友谊更深了。

转眼间，冬天就到了。

这天早上，杜鹃起床后，推开大门，被眼前的景色惊呆了，她大声叫喊起来："哇——好大的雪呀——"

弟弟豆花正窝在暖和的被窝里不愿起床，听姐姐一声惊叫，咕噜一下就从床上坐起来，棉衣也没穿，就趿着拖鞋往外跑，站在大门口望着白茫茫的雪地和远处披着雪被的连绵起伏的山峦，兴奋得又蹦又跳，他一边喊一边拍着巴掌："今天我们可以打雪仗、堆雪人了喽——"

杜鹃见状，忙将弟弟往屋里拉："快进屋快进屋，赶快穿好衣服，莫冻病了，我们还要上学呢！"

姐弟俩嘻嘻哈哈地收拾好，又将奶奶安顿好，准备上学。出门前，杜鹃从箱子里翻出一条灰色的围巾，给弟弟系上，自己也找出一条鲜红的围巾，在脖子上打了个结，又对着镜子照了照，冲镜子笑了一下，便拉着弟弟，这才出了门她们来到村口时，同学们早等在哪里了，他们见杜鹃和豆花跑过来，每人手中一个雪球，像子弹一样飞过来，在他们身上开了花，豆花趁机也从地上抓一团雪，哇哇哇地向冲在最前面的同学进行回击，杜鹃则笑哈哈地用双手捂住头，不让雪花掉进脖子里去。

同学们疯得差不多了，杜鹃才将同学们集合起来，排好路队，杜鹃站在队伍前面，喊了口令，突然噗哧一声笑起来，她突然发现，男同学的围巾都有点灰不溜秋的，而女同学的围巾，却是一色的红，红红的围巾映在白雪之中，好耀眼，好醒目！这些平时看起来一点也不爱打扮的女孩子，其实在内心里都藏着一颗爱美的心呢！

杜鹃从心里漾出一丝从来没有的羞赧与喜悦，她向同学们发出指令：向学校进发！

这次，杜鹃走在队伍的最前面，一路上，同学们踏着没有被人走动的山路，又是唱又是跳，雪地上留下一串串小小的脚印。这一次，杜鹃没有阻止同学们的逗打，只要大伙能跟上队伍，别跑到危险的地方去，杜鹃都只是假装威严地吆喝几句，并不当真，同学们顶会观颜察色，他们见杜鹃今天这么高兴，便时不时的从地上抓一把雪，揉成雪球，往前面同学的头上抛，前面的同学就会立马抓一把雪，回过头直接塞进后面这个同学的脖子里。豆花是个最不甘寂寞的人，他将雪捏成小冰粒子，只要看到路边的树上栖着小鸟，他准会送给它一只冰弹，惊得它们拍翅而逃，树枝上的雪便纷纷扬飘下来，落大伙一头一身。

走进校门口的时候，早已有老师们站在那里迎接学生了，杜鹃见杨老师也笑吟吟的站在那里，便大声的喊了声："杨老师早！"杨老师回了句杜鹃早，就连忙将杜鹃拉过去，帮她拍打头上身上的雪花，杜鹃将自己身上的雪花抖落后，也学着老师的样子，帮其他同学拍打身上的雪花。

在教学楼前，白如雪老师也笑吟吟地站在雪地里，好像正在等着杜鹃的到来。碰巧的是，白老师的脖子上也围着一条鲜艳的红围巾，杜鹃觉得白老师围着红围巾真是太漂亮了，简直就是一个白雪公主，难怪她取了这么一个好听的名字：白如雪！

杜鹃迎着白老师走过去，白老师喊了一句杜鹃，用手将杜鹃的肩膀搂过去，好久没有这么亲昵了，杜鹃竟然有些不好意思起来。白老师将手上的一只精致的小暖宝塞到杜鹃手中，说："给你，专门为你买的！"

杜鹃接过白老师的小暖宝，心里甜蜜蜜的，她轻轻地说："谢谢姐！"便挣脱白老师的手臂，蹦蹦跳跳的往教室里跑去。

班会课上，杨老师向同学们提问："同学们，这个学期马上就要结束了，你们打算寒假如何度过？"

有的同学说："放寒假后，我会把家里打扫得干干净净，等爸爸妈妈回家过年。"

有的同学说："今年过年，爸爸妈妈回不来，放寒假后，我会和姐姐到广东去，到爸爸妈妈过年。不过，我还是不想去，因为……因为我不想爷爷一个人在家过年太孤单。"

老师问杜鹃："杜鹃，你说说，你打算如何度过这个寒假？"

杜鹃思索了一下，说："我能问您一个问题吗？"

杨老师一愣，忙说："当然可以，杜鹃同学，你想问什么问题呢？"杜鹃说："老师，听说镇上的学校已经建起了留守儿童之家，我们蒋村小学也会有吗？还过半年，我就要到镇上上中学了，我弟弟，还有王村的小同学……他们每天要走这么远的路上下学……"

杨老师听后笑着说："杜鹃同学问得好呀，我正想告诉大家一个好消息呢！"

　　大伙一听老师有好消息，叽叽喳喳的课堂一下子安静了下来。杨老师呢，却故意卖了一个关子，说："我先告诉大家另外一个好消息吧！"

　　见老师一脸的神秘，且是好消息不断，课堂上一下子又热闹起来，只有杜鹃气定神闲地坐着，脸带微笑，一言不发。

　　杨老师看着杜鹃，深呼吸了一口气，说："昨天，县公安局发来通报，公安局根据黄毛儿他们这条线索，破获了一个专门控制在校问题学生向留守儿童收取保护费和敲诈勒索的黑社会性质的青少年犯罪团伙。共抓获犯罪嫌疑人二十多人！"

　　同学们一听，立即欢呼起来，大伙立马将目光全部聚焦在杜鹃的身上。此刻，杜鹃的眼里闪烁着晶莹的泪光。

　　杨老师说："还有更好的消息，本学期，县文明委、县教育局联合评选全县'十佳美德少年'，我们将杜鹃同学的事迹进行了申报，杜鹃同学以最高票数获评全县'十佳美德少年'！"

　　老师的话音刚落，教室里再次响起一阵欢呼，紧接着是一阵经久不息的掌声。

　　杨老师做了一个手势，说："请同学们安静！"

　　这时，突然有同学大声说："老师，是不是还有更更更好的消息呀？"杨老师笑着说："是呀，确实还有一个更更更好的消息！"

　　"什么消息呀，老师，您快说！"

　　"你们谁也想不到的好消息！"

　　"老师，您就别再卖关子啦，您快说吧！"

　　杨老师将嗓音调整了一下，自己还没说话，眼圈就有点红了，她几次张嘴，都有点哽咽："据公安局消息，我班学生杜鹃勇救落水少年，还不声张，如果不是黄毛在向民警叔叔说起这事，杜鹃同学见义勇为的事就默默无闻了。这种见义勇为的行为，值得在全社会大力弘扬，县公安局已将杜鹃同学的事迹向省里汇报了，省公安厅决定对杜鹃同学的'见义勇为'事迹进行表彰！"

但是，这一次，杜鹃却没有太多的激动，她在心里暗暗责怪黄毛："这个黄毛，还真是多嘴，说好了都不要到外面说的，还是没管住那嘴！"

杨老师说："杜鹃，关于见义勇为的这件事情，我还是先要郑重其事地批评你！"

同学们一听老师要批评杜鹃见义勇为的事，都不约而同地"啊"了一声。

杨老师说："杜鹃同学呀，我得真的批评你！这事儿多危险啦！你这么小，万一人没救起来，反而把自己的命搭上了怎么办？我们提倡见义勇为，但我们更提倡见义智为！遇到落水事件，我们首先要想到向大人求救，而不是自己不顾一切地往水里蹦！"

杜鹃笑着说："老师，不是没大人吗？等我们去找大人，黄毛早没命啦！我也不小了，我早把自己当大人啦！再说了，我对那地方熟悉呢，就是一个浅水潭子……"

杨老师叹了口气说："唉，我还真的拿你没办法！同学们，今后遇到类似的事情，还得先掂量一下自己的能力，如果在自己的能力范围之内，你要勇敢的去做，如果自己做不了，要立马寻求别人的帮助！"

杜鹃不好意思她说："老师，这事儿我们都知道啦！我提的问题您还未回答呢！"

杨老师笑着说："别急别急，这个问题马上就会有答案！"

杜鹃这次是真的有点坐不住了，她娇嗔道："老师，您真坏！您再不给答案，我都急死啦！"

杨老师清了清嗓子，高声说："我郑重宣布——"

当大伙伸长了脖子,等杨老师宣布时,杨老师又停下来,从教案夹中翻开一张盖着红印的纸,用普通话读起来:

蒋村农村留守儿童之家建设实施方案……

辞　年

放寒假了,外出打工的爸爸妈妈们陆续返乡了,王村的孩子们每天都聚集在村口的老柳树底下,眼巴巴的望着通往村外的路,希望从村路的尽头走来的,就是自己的爸妈。所以,每见一个背着大包小包从路口走来的人,大伙都会欢呼着迎过去。当然,总会有一个孩子会激动地扑上去,接过爸妈手中提着的小包,一脸的兴奋与幸福,但其余的免不了失望与新一轮的守望。

杜鹃与豆花没有加入这个队伍,因为爸爸已打电话,明确说,因厂里要趁春节时赶货,不会回家过年。接到爸爸的电话时,豆花生了整整一天的气,杜鹃当然也会有失落,但她很快就没事一般,该干嘛干嘛,做弟弟的思想工作,写寒假作业,帮家里打扫卫生,准备过年的物质。好在奶奶通过几个月的调养,虽然腿还有一点瘸,但家务活也都能拿得起扛得动了。

腊月二十九,杜鹃和豆花在奶奶的带领下,同几家邻居,租了一辆三轮车,到镇上打来了年货,有各种各样的小吃、鱼肉、对联,当然还有豆花最喜欢的小彩灯笼和鞭炮等。

除夕夜,杜鹃迫不及待的将对联贴上了大门,大年初一一早,村子里的大人都要到各家各户给老人家拜年的,拜年的第一件事,就是看谁家大门的对联最吉祥喜庆,一副好的对联将预示着一家人一年的好运气呢!杜鹃让弟弟豆花帮自己打下手,将自己选的对联贴得整整齐齐,熨熨贴贴,她小声的将对联念了一遍:"一年好运随春到,四季财源带雨来,万家团圆。"她希望一家人在新的一年有好的运气,也希望爸爸妈妈在外打工能挣更多的钱,这样一来,他们就不用四处奔波,能一家人团团圆圆了。她念完对联,这样一想,心里就有了一份新的期盼。

贴完对联,杜鹃将大门关上,祖孙三人围着桌子吃过年夜饭,豆花就搬出一饼焰花,放到晒场的中央,等姐姐和奶奶都出来后,将焰花点燃,赶快跑到屋檐下,屏住呼吸,仰头望着天空。随着一声巨响,焰花如一条火龙,腾空而起,在空中炸出无数朵金花。这时,村子里的夜空,次第炸响着孩子们燃放的焰火,将整个小山村妆扮得童话般迷人。

放过焰花,孩子们都打着五彩的小灯笼,在老柳树底下聚合,再排成一长队,到各家各户去辞年,各家各户的大人们都准备了一份小礼物,只等孩子们的到来,豆花走在队伍的最前边,每到一家,他都会领着孩子们大声地喊:"恭喜发财,礼物拿来!"喊过之后,将背在胸口的书包拉开,让大人将礼物塞进书包中。

杜鹃没有走进辞年的队伍,而是搬了一大盘好吃的东西,笑吟吟的站在门口,迎接着孩子们的到来。

一长溜灯笼蜿蜒而来,刚到门口,豆花就大声的喊起:"恭喜发财,礼物拿来!"这次豆花的声音比在任何一家的声音都大,大伙跟着喊起的声音也特别大,杜鹃连忙端起大盘,往每个人的书包里塞东西,抓了一把又一把,大伙嘻嘻哈哈,又喊又叫,好不热闹兴奋!

临走时,有人喊:"鹃子姐姐,你也和我们一起去辞年吧?"

大伙一听,都附和起来:"对呀,鹃子姐姐,你也和我们一起去辞年吧!"

杜鹃听后,忙摇手道:"我这么大了,还去辞年,还不羞死去?你们去吧!你们去吧!"

"你就和我们一起去吧!"

"一起去吧!"

"姐，去吧！我们辞年去！"豆花也怂恿道。

杜鹃用手拍了拍弟弟的头，说："乖，豆花，你已是孩子头了，你带他们去吧，姐还有事呢！"

豆花见姐说还有事，便吆喝一声，带着辞年的队伍，欢欢喜喜的赶下一家去了。

大伙玩儿远去，家里一下子安静下来，杜鹃走进屋里，坐在书桌前，她想给爸爸妈妈写一封信。她铺开信纸，提笔写道：

亲爱的爸爸妈妈：

过年好！

今夜，你们还在加班吗？我想你们了，我和弟弟，还有奶奶，都想你们了！

自从你们外出打工起，我们一直都在想你们呀！

这些年来，特别是今年，我和弟弟在家，经历了好多从来没经历过的事，有时候，碰到一些事，我们真的不知道怎么办，有时我甚至想到……，但我不敢，因为有奶奶，有弟弟，他们都需要我照顾。好在终于挺过来了，我们在这些经历中慢慢长大，慢慢变得坚强，特别是弟弟，他真的长大了，变得好懂事了。

当听到你们不能回家过年的消息，我是有过一些怨恨，弟弟也特别伤心，但我们还是特别理解你们。

明天起，就是新的一年了，在新的一年里，我们的生活会越来越好，我们的学校也会越来越好！学校的留守儿童之家已办起来了，从新学期开学起，我们都可以住在留守儿童之家了，不用每天跑十多里山路上学了。

哦，还有一件事我们一直没有告诉你们，就是奶奶十月份上山劳动时摔伤了，还伤得很重，奶奶不许我告诉你们，怕你们担心，不过，在邻居的爷爷奶奶们的照顾下，现在已完全好了，没一丁点儿事了，所以现在告诉你们一下，你们也不用担心了。

奶奶受伤后，学校还为奶奶组织了捐款，不过，所有的捐款，我们一分钱也没要，我全部捐给学校买了图书，今后，我们的留守儿童之家也有了自己的图书阁，我们有了许多好看的图书，就一定会不那么想爸爸妈妈了。

还有，我还报名参加了校园安全志愿服务队和留守儿童之家志愿服务队，这样，我在学习之余，不仅能照顾好弟弟，还能帮到更多需要帮助的弟弟妹妹们。

爸爸，妈妈，你们放心，我还会照顾好奶奶，奶奶说了，她年纪也大了，腿脚也不太方便，今后就不会到山上去劳动了，呆在家里喂只小猪，喂几只小鸡就够了，每个星期放假后，我和弟弟就会回家陪奶奶过周末，多好呀！

总之，我们会越来越好的，我们一家都会越来越好的，你们在外也要注意身体。

过年你们不在家，家里虽然不很热闹，但我们还是很开心呢！

好了，不多写了，给你们拜个早年吧！

此致

祝新年快乐！

女儿：杜鹃

杜鹃将信折好，塞进信封，却不知爸爸收信的具体地址。因为爸爸妈妈经常跳厂，平时的联系也是通过邻居家的一部电话。

不过不要紧，杜鹃在封信上写了三个字：爸爸收，便小心翼翼地将信放进了书桌的抽屉里。

这已是杜鹃写给爸爸妈妈的第一百封信了。

将抽屉锁好,杜鹃正准备出门找弟弟,却发现弟弟已钻进被窝里睡着了,床头边,放着他那只被辞年的礼物塞得满满的书包。

杜鹃在一阵噼噼啪啪的鞭炮中,她翻身起床,又在弟弟的屁股上拍了一巴掌,大喊道:"花花,起床啦——过新年啦——!还不快起来,放鞭炮去喽——迎新年去喽——"

豆花从床上一咕噜爬起来,快速穿好姐姐为他准备好的新羽绒服,趿了拖鞋就去找鞭炮,杜鹃准备去开大门,发现奶奶已将火塘里的柴火烧得熊熊的,正在哪里忙着做年早饭呢,杜鹃的心里感到一阵温暖。

弟弟搬了一大饼大地红鞭炮过来,杜鹃将大门打开,突然发现,整个大地一片白茫茫,哦,下雪啦,好大的雪呀!

豆花欢叫着跑进雪地,将鞭炮铺在雪上点燃,随着一阵噼啪的鞭炮声,那被炸得纷纷扬扬的红艳艳的鞭炮屑,落在洁白的雪地上,就如一朵朵盛开的杜鹃花,是那样的耀眼。

秋 祭

1

三伏在秋。乙酉（一九四五年）年，龙窖山自入伏已来就没有下过一滴雨。严格地说，是立夏后就很少下雨，萧家冲屋场前的那条小溪已经断流，屋后山的满坡竹子干开了裂，南风一吹，发出打梆般的"光光"声。

七月初七，是萧家冲秋祭的日子。俗话说：七月初七亲人归，七月十五纸烟飞。在祖宗回家那一日，祭祀祖宗，是一件大事儿。可就在这一天寅时，突然一声炸雷，将天庭炸出一个洞，千万港水从天上冲下来，整个龙窖山被暴雨灌得不省人间事。春生老汉家年久失修又久遭干旱的屋顶，就像一张筛子，整个房屋几乎是无遮无拦，地上也成了水塘。

春生老汉翻身，床前黑咕龙咚，他用手摸了一下床上的垫席，一手水。起床，可一脚踏下去，水却淹过小腿肚，这让他吓了一大跳。他想找点东西将床顶遮一下，可家里连一块遮雨的破布都没有，只好将已淋得透湿却依然趴在凌波床弯打着呼噜的傻儿子狗伢一把揪了起来。傻儿狗伢用手抹了一把脸，不知到底发生了什么。

春生老汉说："昨夜是说这天闷热得怪，怕要行暴，没想到要破天！傻儿傻儿，快起来，只怕是走龙了，要洪水淹天了！"

狗伢不懂什么是走龙，更不知洪水淹天，他迷迷糊糊坐起来，看到眼前的黑，大叫一声："爷！这是生了何事啰？锅底一样乌漆嘛黑！"春生老汉便复爬到床上，搂住狗伢说："冇事冇事，洪水淹了天，地上人死绝，咱爷俩这命，值个卵！"

狗伢一听，便倒头又睡。春生老汉在心里叹口气："唉！还是当个傻儿好！"又想："七算八算，不如天算，今日洪水若淹了天，人都死绝了，还祭什么祖？谋划了多日的大事儿，全都罢了。"

这样一想，春生老汉的心里倒是一下子轻松起来。几天来，那个大事儿，压得春生老汉喘不过气来。

卯时尾，雨停了。春生老汉家半截墙根泡在水里的泥房子竟然还没有塌。春生老汉再叹了口气："天数不可违，那大事儿今天还得办？"

挨到辰时，天终于亮了。春生老汉再次从床上滚下来，地上的水退了，一地的稀泥。他赤着脚下，一脚踩下去，那稀泥一下没过脚踝。他也用手提了一下湿淋淋的裤脚，推开大门，晒场上满是枯枝败叶、树蔸乱沙，门前的田畈还是一片白光。山边小溪，浊浪滚滚。

春生老汉抬头望了望祖堂屋的那堵残墙，还在。他便一步一滑地从泥泞中趟过，往残墙那边去。

残墙后面躲着一个伙房，是萧家的孤人定柱老汉看祖堂屋住的地方。春生老汉记得，祖堂屋被小日本烧掉那日，定柱老汉一边日着小日本的娘，一边往冒着滚滚浓烟的祖堂屋里扑。祖堂屋里供着萧家十八代祖宗的牌位，没了祖堂屋，没了祖宗的牌位，定柱老汉活着还有什么意义？熊熊大火裹着定柱老汉的叫骂声，直冲到半天云。过了半个月，春生老汉还能听到定柱老汉的叫骂声在萧氏祖堂屋的半天云里荡。

春生老汉在门外跺了跺脚上的泥水,"吱呀"一声,推开木门,迈过门坎。屋内有些暗,但地面没有被水淹过。抬头望望房顶,还好,没有漏雨。再看看房梁上,那颗野猪头还滴着血水!春生老汉很满意,嘴角挤出一丝笑,选在这里祭祖,真是个绝地儿。

春生老汉从墙角根抓了几根干柴块子丢到火塘里,打算先生个火,往怀里一摸,没带火镰,忙折回身,出门。可他前脚刚迈过门坎,"啪"的一声,一团黑黑的东西从那堵残墙上窜下来,差点砸到他的额头上,摔到他的脚尖前。春生老汉吓一跳,细看时,是只乌鸦。一大早,碰个乌鸦,还是个死乌鸦,这可不是个好兆头。记得日本人第一次进村时,就有一群乌鸦像被鬼赶着般"呱呱呱"地从村口前的老槐树上飞起来,有一只老乌鸦不知被什么东西穿了一个血洞,落在春生老汉的脚前。春生老汉心里便有些麻麻静静,不禁额头沁出丝丝冷汗来,大水没冲掉屋场,莫不是日本鬼子又要来造孽哟?这更坚定了他办大事的决心。他将双手合在胸前,口中默念几句:"列祖列宗,上下神祇,左昭右穆,地方无鬼不遭瘟,这怪不得我,也怪不得这几个贤侄啊。今天秋祭,这件大事不办,日子硬是过不下去了啊,我萧家冲硬是要晒屋场(晒屋场:湘北方言,全村的人都死光)了啊!"他又念几句祷告神灵的咒语,踩着泥水出门。

一定要把这个秋祭办得惊天地,泣家神,还要祭得密不透风。从此以后,萧家冲风调雨顺,族泰民安!

萧家冲已经六年没有秋祭过了。太平年间,每至七月初七中午,合族的人都要到祖堂屋里祭祖,每家一整只腊猪头,用木盆盛了,插上香火蜡烛,放一挂千响鞭。当家的端着木盆作三个辑,再跪下,叩三个响头。也有不用腊猪头的,家里锅都揭不开,一年到头就没舔过一点油腥味,何来猪头?那就用一只木猪头代替,是用松木树蔸刻的,比真猪头还腊,从火塘梁子上取下来，清水一涮，烟薰火燎的，黑里透红，渗出松明子油来，看起来与腊猪头无二。

春生老汉将还滴着血水的野猪头从梁上取下来，心里默念："昨夜这雨，河里是不是真走龙了啊？莫非那家伙就是祖上传的土龙？走龙！土龙要起身了，好哇，要应验那句古话了，土龙走，屋场安！祖宗保佑，可别把今天的大事办砸喽！"

原来，在萧家冲有个传说，说是屋后的宝塔嘴下压着一条土龙，那土龙经常出来惹祸，弄得屋场不太平，只有那土龙走了，屋场才会安稳。

春生老汉想着今天要办的大事，又思商着昨晚的那场大雨与山冲里的洪水，心里一下子不忐忑了。他今天要办的事，就是替祖宗办的事！

2

刚好七月初一这天立秋，家家户户都在忙着接祖先的事，因为有一阵子日本鬼子没有来了，大伙仿佛一下子松弛了下来，春生老汉就与屋场里几个后生密谋，今年秋祭日要好好祭个祖，不然这日子过不下去了。春生老汉与定豪牵头，约了定秋、定宗、定云，趁天黑，躲在后山里的苕窖里，点起松明子，争了一夜，最后弑血赌咒才定下秋祭的盘子。天亮时从苕窖里爬出来，一个个满脸露出漆黑黑诡异的笑。

这是个周密的计划，他们将祭祖的程序计算得万无一失，严丝合逢。

祭祖，少不得猪头。这年岁，人都活不得命，哪有猪的吃食？当然家家听不到猪叫。定豪说："还是老规矩，用木猪头代替吧！"定秋说："不行，这回，可不能哄祖宗！咱祖先传下个规矩，秋祭前一日是秋猎日，刚好后山上来了一群野猪，我们打一头野猪来,一可防那些畜牲祸害庄稼,二可用野猪头祭祖,三可家家户户砍一块肉回去,打个牙祭。好多人家怕是几年没沾过荤腥了呢!"几个人一致赞同。

山里人,都是打猎的好手。装铗子的,埋套绳的,挖陷阱的,射弩的,放铳的,各个爹爹各个法门,屋场里除了傻儿狗伢和读书的必冬,都是老把式,就连瘸子定秋,一根棕绳套子,套只百八十斤重的野猪,都不在话下。

七月初六日一大早,春生老汉发话:"今日,萧家冲得罪山神,赶一次山!能上山的都上山,都拿出看家本领,在各条兽路上使法门,务要拿下一头大畜牲,祭祖不能得罪祖宗。"

萧家冲本是个大屋场,早些年有三十八户人家一百八十三口人,到这个年底,全屋场只剩下三十九口人,其中老少男丁十二人。这十二人中,除了六个瘦得不成形的细伢崽,剩下六十二岁的春生老汉是个全手全脚的人,其余五个,一个是春生老汉的傻儿狗伢,作不得数的,再就是瘸子定秋、聋子定宗、疤脑壳定云。当然,还有一个人,必冬,必冬虽然早几年就从城里的学堂退学回到了萧家冲,但平时天晴见不到影子落雨见不到脚印,不知他在搞些什么鬼名堂。若不是今年端阳节日本鬼子到屋场要人,屋场里的人还不知道,日本鬼子几次到屋场烧杀,竟都是他惹的祸!

萧家冲合屋场的人都不相信这是真的。必冬一介书生,一冇舞过枪,二冇弄过棒,他爹定芬虽是射弩的里手(行家、高手),但他爹早年就过了世,她娘又眼瞎,他从小跟着在城里教书的二叔长大的,怎么做得下那些惊世骇人的大案?

春生老汉将家里唯一一只打鸣的大公鸡捉了,带了几个男丁到白果树下的山神庙前,在石桌上燃烛焚香,斟满三碗米酒,点燃钱纸,作了三揖,闭着眼睛,念着咒语:"志心皈命礼,奉请龙窖山大法主,龙窖法主降坛场,头戴遮天猛威帽,眼放豪光澈底清。朝在玉皇金阙殿，暮游七星北斗辰。凡人有事来下请，火急领兵赴坛庭。弟子虔诚来拜请，惟愿龙窖法主来降临。"

春生老汉念完，猛地一睁睛，将纸钱往石桌上一戳，抓起鸡翅，将鸡头往石桌上一按，手起刀落，一股血从鸡脖子里喷出来，春生老汉忙将血沥在庙门前的地上，一边扭动腰身，迈开梅花步，口中再次念起咒语。

这时，身后的几个男丁也在庙前跪下，春生老汉手持一叠钱纸点燃，在空中划一道半弧，然后放在庙前的石香台内，作一个长揖，大声念："今有岳州府临湘县龙窖山山神管下猎户，因孽畜伤害人畜，作践庄稼，弟子等为保一方平安，持祖师当年神弩，誓灭山前猛虎，射尽山后野猪。恭清山神保佑，箭无虚发，手不空回。人无受伤，狗不溅血。今日许下良愿，明日猪头酬谢！"

念完，春生老汉将手中竹卦抛到地上，直到出现阳、巽、阴三个卦象之后，算是山神允许所请。春生老汉面露喜色，心想，山神也是站在我们一边的，这就是天意！于是，手一挥，大喝一声："上山！"

然后，屋场里的男人都悄悄上了山，寻找兽迹，再在它们必经的路口布下器物，又用腐叶散在走过的路上，掩去人的气味，一切就绪后，悄悄遁下山来。

吃过午饭，全屋场男女老少三十多人倾巢出动，擂鼓打锣，放鞭炸炮，哦嗬喧天冲向后山。

果然，藏在刺蓬芭茅窝里的大畜小兽，突然受了惊吓，一顿乱窜，纷纷中了招。半下午，定秋的的套子发了事，套住了一只郎巴子野猪。套住的野郎巴子也威猛得很，它一见定秋，就抵着头，红着眼，咧着嘴，露出两把刀子一样的獠牙，定秋的腿不方便，根本就近不了它的身，只好一拐一拐地下山请人去帮忙。

定秋的腿是大前年冬天被日本鬼子一枪打瘸的，确切点说，还是自己摔瘸的。那天，日本鬼子将全屋场的人赶到河边的大田里用机枪扫，定秋站在靠河边的田堪上，一颗子弹打穿了他的大腿肚子，定秋趁倒下时一个鹞子翻身，从田堪上翻到田堪下的河沟里，腿重重地摔在一块突出的石头上。他当时也顾不上疼，又一个翻身钻到河边的刺蓬里，才躲过一劫。这次，屋场里被打死了六十二人，定秋丢了一条腿。

大伙每人砍了一根稠木棍，将野郎巴子团团围住，可是，三百六十斤的野猪，凭的是一张嘴，这些乱棍下来，它左一嘴右一嘴，早把那些力气化得软绵绵无影无踪了。正当大伙对着这头野郎巴子呲牙瞪眼的时候，只听得"嘣"的一声，那狂躁得几乎要将几个围攻它的人撕成肉片的野郎巴子突然一个猛窜，将套住它的棕绳挣断，一头撞过来，大伙惊叫着丢掉手里的家什，拼命往坎下滚，可那野猪却像被雷打电闪了一样，直直地跌在地上，四脚一蹬，长长的獠牙插进土里，一动不动了。

大伙惊魂未定地从坎下爬起来，只见那野郎巴子的脖子上，一支弩箭已戳进一半在肉里，另一支弩箭则从喉下直入心脏。

大伙又是一惊，这不正是必冬的爹定芬常使的竹杆箭吗？用十年的老竹根细细打磨，在六月的太阳底下曝晒十日，又用桐油煮十个时辰，再挂在屋檐下慢慢阴干，这箭便比铁簇还硬！这手法也分明是定芬的手法，一箭封喉！二箭穿心！

春生老汉定了定神，心中暗叫道："没想到，真是没想到，我春生老汉活了大半世人，眼里竟然夹了豆豉——走了眼了。"他回头四下里寻视一遍，除林中山风摇着竹梢，一切归于死寂。

大伙回过神来，赶紧七手八脚地将那野郎巴子用藤条绑了四肢，抬下山来。屋场里家家户户分了一块肉，留下猪头，只等祭祖。

当天夜里，春生老汉将两支竹箭用麻布包好，小心地敲开必冬家的门。必冬见是春生老汉，忙将他让到堂屋里，说："叔，这么晚了，您怎么……"

春生老汉将手中的东西递给必冬说："大侄子，今天幸亏你相助，不然，今年祭祖又得用木猪头了。"必冬默默接过春生老汉递过来的东西，随手放到八仙桌上，又从柴旮旯拿出一个木杌子，用衣袖拂了拂，给春生老汉让坐。春生老汉坐下来，说："初七，也就是明日，是列祖列宗归家之日，也是萧家冲的秋祭日，屋场里打算到祖堂屋祭个祖，你们一房人只剩你一人了，你一定得参加！"

必冬没说话，只是点了点头。

春生老汉又说："按我们萧家冲的习俗，明夜里是族里长辈与祖宗的叙亲夜，我们屋场里几个还顶得用的男子汉，要到祖堂屋守夜，你们一房人只剩你一人了，你一定得参加！"

必冬依然没有说话，只是点了点头。

春生老汉见必冬石磨也压不出一个响屁，觉得再坐也没啥意思，就起身告辞。出门时，天气闷热。有股风从溪沟里刮过来，带着一股腥味。春生老汉吸了吸鼻子，好像有一股水气从鼻孔直入喉咙，他被呛得一声猛咳，吐出一口浓痰。

春生老汉望了望天，龙窖山顶堆满了黑云，那黑云仿佛正在积蓄着一股力气，只等一声令下，就往千沟万壑泻。春生老汉喃喃道："这天，真是日怪，莫非要走龙行暴？"

果然，不到两个时辰，这暴雨就来了，还来得这么吓人，差点将萧家冲从龙窖山的沟沟里抹掉。

3

雨过天晴，水也退了。

屋场里一片狼藉，但大伙顾不上这些。今日是祭祖的日子，一切活儿都得按计划而行。

一大早春生老汉看了作为祭堂的祖堂屋后的火房，那么大的雨却没有损失一丝一毫，这就是天意。所以，他打祭堂出来，就到各家各户跑了一趟，大伙都在清理大水过后的泥水，将浸湿的家什搬出来晾晒。春生老汉吩咐好大伙秋祭时的活儿，便回到祭堂。

　　春生老汉是主祭，但他知道，祭前的准备还得自己做，包括祭祀用的三牲之礼、香火腊烛等物什。

　　春生老汉架起了大鼎锅，将整只猪头放进锅里，燃起了柴火，将猪头煮得满屋飘香。半晌午，定豪、定秋、定宗、定云也陆续踏着泥泞进了祖堂屋，他们将写有"天地国亲师"的牌位供到火房的正墙上。这个牌位还是春生老汉请必冬的二叔教书先生定瑜师傅写的，原先是供在祖堂房的正堂上，日本鬼子火烧祖堂屋，定柱老汉把它抢出来时，被烧掉了底座。后来，春生老汉重新给它做了一个榆木的新底座。

　　必冬走进祖堂屋后的火房时，全屋场的人都到了，大伙对这个高高瘦瘦的小后生都有些陌生。但他们都知道，他是定芬家的独儿子，一个魂魄一样飘忽的人，神秘得很。所以，今天祭祖，他的出现，让大伙都大吃一惊。

　　午时一刻，春生老汉双手端着盛着猪头的木盆，来到牌位前，男丁们在他身后按"定、必、自、久"的辈份站好，他先作了三个揖，再将木盆放到牌位前的八仙桌上，从桌上拿起一把香和一根松明烛，点燃，将香给身后的男丁们每人分三根，然后立定，举着香，双手合十，闭眼，大声念："乙酉中元，又届七半。赖祖庇佑，贻厥子孙。萧门后昆，沐手净心，肃立于列祖列宗之前，铺案焚香，陈酒列果，肃穆致祭：天地有中气，第一是中元。先祖忠孝为本、耕读传家、修身立德、厚生利民，其恩泽沐浴后世，诸事遂顺。然逢饥年馑岁，灾祸连连，今我等燃烛进香，薄肴淡酒，敬请共享。皇天厚土，普降吉祥。左昭右穆，泽布无疆。祖宗保佑，苗裔永昌。灾除秽减，合族安康！兹告慰列祖列宗，伏惟尚飨。"念毕，三揖，跪地三拜。大伙跟着三揖三拜。

春生老汉宣布祭拜完毕，立起身来，大伙正准备散去。突然，一个黑黝黝的东西"啪"的一声，砸在牌位上，"天地国亲师"的牌位与那黑东西一起掉到地上，春生老汉吓一跳，哆哆嗦嗦地捡起那黑东西一看，竟然是早上被他丢掉的那只死乌鸦。而乌鸦身上，竟然穿着一支竹弩箭。春生老汉惊恐地回望了一眼必冬，必冬还双手合十地站在后面。再四顾，只见火房的窗外一个影子一闪，留下一个诡异的笑，不见了。

春生老汉再一哆嗦，心中惊道，怎么会是狗伢这个畜牲？

夜色降临，各家各户都在自家的晒场上烧纸钱。这几年，没有哪家没有走人，有的人家已没留一个烧纸钱的了，邻居家就多烧几页纸在傍边，好让那些孤魂野鬼捡几文零花钱。那昏红的火光映在跪在地上的烧纸人脸上，像久病的人脸上的血色。春生老汉将那一盆野猪头肉切成巴掌大一块，放在锅里炸得金黄，装了满满一大盆，又不知从哪里弄来一铜壶苞谷烧，放在八仙桌上，只等哪几个男丁来守夜送亡灵。

狗娃站在八仙桌旁边，不时将鼻子贴到猪头肉上，吸一下鼻子，再望着那盆油旺旺的猪头肉，用大舌头不停地舔着嘴角边的哈啦子，巴不得从眼里伸出两只手来。

这次，必冬是第三个到祖堂屋后的火房来守夜的。好多年没到祖堂屋守过夜了，守夜在他的记忆中还是小时候的事，那时，他爹还在，他娘还在，二叔也还在。但现在，他们都不在了，他的世界里只剩下一些守夜的碎片，像雨夜里独行的影子那般飘忽。

必冬还没站稳，狗娃就跳起来，亲昵地拉了拉必冬的衣袖，喊了一句哥。必冬则用手拍了拍他的头顶，狗娃好像有话要说，但最终没有说出来。

必冬刚要落座，定豪、定秋、定宗、定云等几个便一溜儿进来了，一进门便边跺着脚上的泥沫子，边与春生老汉打招呼。

春生老汉见约好的人都到了，便说："列祖列宗都已按席坐定，我们先各辈份觐见了祖宗，敬酒叙亲。"

春生老汉将桌上的酒盅一一筛满，再在八仙桌的下首站定，举起手中的酒，倒在地上，之后，一边敲着木鱼，一边唱道："参天之木兮必有根，怀山之水兮必有源。列祖列宗兮听我言，本是中元兮大会日，一盅薄酒兮祭灵前……"

他们再次祭了祖宗，将酒倒进盅里，唤了祖宗喝酒吃菜，之后按辈分坐定，开始吃酒。大伙都说，好多年没有在一起祭过祖守过夜了，别说喝过酒。

也不知喝了多久，一大铜壶酒都快见底了。大伙一边喝，尽扯些陈年旧事，谁家的谁没了，谁家的谁是怎么没的。说到自家事，便哭起来。只有必冬没有哭，也不言语，他稳稳地喝着酒。

春生老汉喝到激动处，将酒盅往桌上一顿，指着必冬的鼻子，厉声说："没想到哇，大侄子，你竟然是个大英雄！我们萧家，竟然出了一个精忠报国的大英雄！"

必冬惊讶地望着春生老汉："叔……"

"你不必说，我们都知道了！大英雄！大英雄！书生可畏！书生可畏呀！"

必冬有些拘谨地想站起来，春生老汉一手抓住他的肩膀，将他按下，说："坐下，坐下，今天我们是为你庆功的！这个祭祖夜，又是庆功夜！但叔有一些事不明白的事，就想和你磨下嘴皮子，你不要又是石磨都压不出个屁来！"

必冬再次落座，不知春生老汉想说些什么。

春生老汉将杯中的酒一口喝干，说："好！我好好盘盘你！

你还记得戊寅年冬月,日本人进山的事吗?"

必冬犹豫了一下,说:"记得。"

"萧家冲天遥地远,拉屎不生蛆的地方,日本人跑到这来干么?"春生老汉面无表情地问。

春生老汉的话,一下子激起了必冬心中怒火,他咬牙切齿地说:"好,您既然问为么,那我就道个清白,那年十月,岳州被日鬼子占了,鬼子听说我叔父懂日本话,让他出来给他们做事,我叔父不肯,他们多次上门,我叔父硬是闭门不出,鬼子一生气,一把火把叔父的住宅烧了,可怜我叔父被活活烧死!"必冬的话未落,春生老汉就一拳砸在大仙桌上,大吼道:"好一个定瑜!没想到那个肩不能挑手不能提的书呆子,还是只硬脚!来,我们先敬定瑜一盅!必冬,替你叔喝了!"

大伙一仰脖子,都将自己手上一盅酒喝了,必冬也含泪一饮而尽。说:"我在城里没了落脚的地方,我是萧家冲的人,不回萧家冲,我能回哪?本以为萧家冲天遥地远,鬼子不会来,没想到,我前脚进村,鬼子后脚就进了村。还一进村就像一群地狱来的恶鬼,不是烧杀,就是奸抢!"

"没错,你前脚进村,日本人后脚跟来!这样说来,那日本鬼子果真是你引来的!真是地方无鬼不遭瘟啊!"春生老汉平静地说。

必冬从春生老汉的口中听出弦外之音,正要反驳,春生老汉打了个酒嗝,阴着眼问:"你不用解释!叔再问你!那个被一箭穿喉倒在茅坑里的日本人,是不是你弄的?"

必冬低声道:"是的。"

春生老汉扬起巴掌,白眼一翻,随后又将巴掌压到酒盅上,哑着嗓子说:"你知不知道,那个人可是个少佐!"

"都是鬼!他就是个厉鬼!他弄了必松哥家的菊香妹子,还劈了我瞎眼的娘!我不弄他,我日后如何去见我爹?"必冬重重地问答，那声音像个石头落在地上。

"你个哈儿呀！你……你杀个少佐，日本人一怒，第二日就又杀了我屋场二十多号人！这就是你要的结果？"春生几乎是老汉咆哮着说。

必冬自顾自的筛了一盅酒，红着眼，一口灌下。

春生老汉叹口气，浅浅地抿一口酒，又问："那七个在河里洗澡的日本人，是不是你弄的？"

这时，坐在一边吃猪头肉吃得满嘴流油的狗伢突然大笑道："正是正是，我也弄了，真过瘾！"

春生老汉一惊，回头吼道："你个哈儿！你晓得个卵？你能弄！"

"我咋不能弄？必冬哥给我做了个竹弩！好使得很！"他见爹不相信他，有点急了，丢下手中的猪头肉，转身不知从哪里找来一把竹筒做的长弩，抬起，拉起满弓，一松手，"啪"的一声，那竹筒发出一声闷响。他像斗鸡一样，向他爹瞪着眼，"这个！这个！是不是？硬扎得很！"

必冬说："要不是狗伢老弟帮忙，我还真弄不了他们！"

春生老汉恨恨地在自己脸上甩了一把掌，吼道："老子以为日狗了，日出个狗熊，没想到竟然……"

"日本人真不要脸，一个个光屁股，把枪丢岸上，人来了也不晓得躲，我哥让我先把他们的枪一咕噜丢到潭里，我哥坐在岸上，对着他们的光屁股，一弩一个！我就用这个，也弄了一个。哈哈，他想到潭里寻枪，一个猛子扎下去，刚从水里露个头，我一弩射中他的太阳穴，就是这里，他就像鸡娃子一样在水里扑腾，最后沉下去了。真是过瘾得很。"

春生老汉血红的眼珠子差点掉了下来，他一屁股坐到凳子上，恨恨地说："你们……你们……给屋场里……"

"他们杀了我屋场二十多号人，我一直寻思着报这个血仇！"

必冬说。

"你不杀他那少佐，他们会杀我们二十号人？"春生老汉说。

"他们在上面刘家屋场烧了十一个木屋，杀了二十多人，连三岁娃都不放过，上面刘家屋场里惹了他们什么？"必冬反问道。

"刘家是刘家，萧家是萧家！"春生老汉有些理短。

"怎么刘家是刘家，萧家是萧家？他们哪分什么刘家萧家？祸害了刘家，马上又轮到萧家！我不弄他们，终有人会弄他们！"必冬说。

"可你这一弄，日本人第三天就找到咱屋场，把全屋场人都弄到河边，用机枪扫！差点把全屋场的人都灭了哇！"春生老汉捶胸顿足地说，一脸的泪。

"鬼子把咱屋场差点灭了，这个仇，我记着呢！今年端午，我弄了个大动静，把鬼子经过山下的火车弄翻了！真痛快呀！"必冬有些得意地说。

"对对对！真痛快！我们刚好将山嘴上那块鸡子石弄下去，哐当一声砸在那铁条子上，那火车就撒脚板跑过来，一头撞上去，轰隆隆站起，又轰隆隆一头撞到山坎下去了，好过瘾！"狗娃激动地叫起来，眼里全是光。

"你个哈卵！你们过瘾！你们痛快！哪日日本人再找上门来，看你们怎样卵朝天！"春生老汉嘴唇有些哆嗦地说。

"他们敢来，我们还敢弄他！"必冬说。

"好！好好！你不用说了，你们弄得好！弄得好！来，大伙都来敬我们萧家大英雄一盅！"春生老汉举起手中盅盏，再一仰脖子，将酒干了，又让大伙亮了盅底。再给大伙一一满上。可当他给必冬筛酒时，壶中却没酒了。春生老汉忙起身，从火塘边掏出一个瓦罐，提过来，敲掉泥封，拧开木塞，哆嗦着手，给必冬满上，说："这酒，封了整整十年，是真正的好酒，今天给大侄子庆功，真是驼子睡到碓窝里——刚合适！"他说完，又端起酒蛊,说:"这些年,屋场连年遭殃,被日本人又杀又烧,一百多号人的大屋场,只剩三十来号人了,只怕再这样下去,不出一年,屋场就绝干绝尽了哇!我们大侄子是条汉子,不知杀了几多日本人!今夜我们祭了祖,守着夜,一是给大侄子庆功!二是给死去的人有个交待"

必冬端着碗,红着眼,说:"一切都快完了,日本人快完蛋了"!

"大侄子,不必多说,喝完这盅酒,一切都安稳了!日本人就真的不会来了!来,一起干!"春生老汉说。

大伙都吼:"一起干!!"

大伙都将碗高高举起,仰头,干酒。

这时,狗娃突然丢掉手里的猪头肉,抢过必冬手上的酒盅,笑嘻嘻地一口干了。当大伙喝尽盅中酒,放下酒盅,看到狗娃手中的空酒盅,都是一愣。春生老汉似乎也明白了什么,大吼一场:"狗娃——你个哈卵!"

必冬有些懵,不知发生了什么。这时,狗娃一个趔趄,口中突然喷出一口血来。必冬一惊,条件反射般想从腰间摸他的弩箭,站在他身后的瘸子定秋见状,反手从柴堆上抓起早准好的斧头,"卟"地一声砸在必冬的后脑上,必冬头也没回,往前一扑,"哐"地一声倒在地上,红红的血和白白的脑浆,慢慢溢满一地。

4

乙酉年七月十五,太阳从东山上升起来,一落到地上,就有些燠热。雨过地湿,从泥泞中蒸腾起的水气,散发着一股腥臭之味。一大早,家家户户放了鞭炮,算是送了祖宗。春生老汉也一大早就起来了,他站在自家屋前的晒场上,眯缝着眼,不知要做什么。他喊了一声:"傻儿起床哟——"可话音刚落,才恍然有悟。

　　秋祭过后，他的心一阵阵空，空得仿佛身子骨可以飘起来。他转身往祖堂屋走，却见祖堂屋的残墙上栖了两只黑黑的乌鸦，心中又是一怔。他随手从地上捡起一块石子，一挥手，往墙顶上抛，那两只乌鸦竟然无动于衷，不叫也不飞，倒是他自己随着手臂的摆动，身子一晃，重重地摔在地上，他爬起来，用手拂一下屁股上的泥，一迈脚，一股钻心的疼从脚踝直入心窝，他不禁咧了一下嘴。

　　春生老汉年早饭也没吃，便一瘸一瘸地下了山，随后，瘸子定秋一蹦一蹦地追过来，喊道："哥……你……"

　　春生老汉头也没回地挥了挥手，继续一瘸一瘸地往山下溜。

　　山下二十里，是鬼子的碉堡，他想去探探虚实。

　　整整一上午，他都在路上，每经过一个屋场，都披红挂彩，沿途也没见一个日本人。

　　午时已过，他看到一列火车哐当哐当经过，那白烟映着远处山上平地里的白雪，很扎眼。但他没看到铁路边上的那个碉堡。

　　再走近些，那碉堡还在，只剩半截楼，一地砖头石块，他怔住了，如一截被烧焦的老柳树蔸，戳在路边。见有穿红衣的女子路过，忙怯怯地问："喂，他姐子，打听个事。"

　　那女子回过头，笑吟吟地说："您有何事？"

　　春生老汉指了指不远处铁路边的那半截子碉堡，说："那碉堡怎么……日本人……"

　　那女子先是一愣，睁大眼睛问："您是哪旮旯的？鬼子投降啦！"

　　春生老汉不相信地问："投……投降啦？这是么时的事呀？"

　　那红衣女子再次打量了春生老汉一眼，确认他不像个不正常的人，才说："七月初八，连夜逃跑，回去过鬼节啦！"

　　春生老汉一听，一屁股跌在泥地里，半天没爬起来。

春生老汉回到萧家冲，已是亥时头，屋场里一片黑灯瞎火。他没有回家，径直走到祖堂屋前断墙前，腿一软，"咚"地一声跪下，将头重重地叩在门坎石上。

他从祖堂屋爬到屋后的茴窖边，仿佛走了一个甲子。他在茴窖前坐了一袋烟的时间，再将窖口的封砖拆开，爬进去，又从里将茴窖口封死，糊上黄土，点上香烛与松明灯，再紧紧地挨着必冬与狗娃躺下，闭上了昏浊的眼睛。

神　谕

一

　　如果不是龙窖山石庙的关帝菩萨显灵，糊涂村413口人恐怕全部被6月30日夜的那场泥石流冲到老龙潭去了。

　　石庙就修在糊涂村村口的关山嘴上，关山嘴是一块巨大的山崖，斜刺在半空中，龙窖溪就在山崖脚下跌入峡谷之中。据《南港镇志》载，龙窖山石庙修建于唐正德年间，1000多年来一直香火不断，虽历经战火，却从来没有被毁坏过。

　　听老辈人讲，糊涂村村口的关山嘴，在过去是一座夜合山，每天晚上天一黑，河两边的山就自动合拢来，早上村里的鸡叫三遍，夜合山就自动打开。后来，村里成了绿林好汉聚居的地方，绿林好汉是要夜间出门打家劫舍的，夜合山夜关日开，好汉们出入不方便，便请了一个高人，在夜合山的山嘴上修了一座石庙将山镇住，夜合山就再也不能夜合日开了。绿林好汉崇拜的是关帝大王，所以石庙里就敬着关帝大王了。

　　石庙前后两进，前面是香客歇脚的地方，后面是正厅，敬的就是关帝大王。这关帝大王也是用石头雕的，矮矮胖胖，一点也没有关云长身高八尺的威严，但据说这矮矮胖胖的关帝，却灵验得很。两边是厢房，右边是和尚的禅房，左边是斋堂。前后左右有回廊连接，中间是天井。整个石庙全是石头做的，墙壁用的是石砖，屋梁用的是两丈长的条石，庙顶盖的是石板；门窗、立柱，全部是石头雕的，上面的菩萨、罗汉栩栩如生，流云滚滚、飞霞翩翩；整座庙宇，由9999个石榫连接，石头一块扣着一块，环环相扣，便为了一个整体，固如磐石。

　　石庙里的关帝菩萨灵验不灵验，村里有许多人见识过。

　　据说，1938年冬天，日本人打到龙窖山，想用大炮将石庙炸掉，可刚开炮，三架山炮全部炸了膛，庙没炸掉，却炸死了十几个日本兵，日本人也是信迷信的，见这架势，吓得屁滚尿流。但一下子死了那么多人，日本人还是很生气，撤退时，一把火将整个村子和庙门前的一棵千年白果树都给烧了。可还没等剩下的日本人出村时，大晴白天的，天突然下起大雨，龙窖源山洪暴发，冲掉了出村的石拱桥，将准备过河的一个小队的日本兵全部卷进了老龙潭。冬天龙窖源发大水，可是千年不遇的事，糊涂村的老百姓说，是日本兵触犯了天条，冲撞了石庙，关帝大王一发怒，给那些日本兵一个小小的惩罚。

　　又据说，在1966年，县里的红卫兵组织湘江风雷跑到糊涂村来破四旧，糊涂村除了这座石庙，没什么旧可破，红卫兵战士就打算将这石庙破掉。可他们找来了钢钎、绳索，将绳子系到石庙的大梁上，几十个人想将这石庙拉倒，可绳子都拉断几根，大梁硬是晃都不晃。有一个脾气大的，抡起大锤就往关帝大王的头上敲，可一锤头下去，唧的一声，锤头反弹过来，砸在那娃的额头上，那娃当场就倒在地上人事不省了。大伙一看，吓得不轻，但这四旧不破不行，最后，大伙一合计，每个男同学对着关帝大王的石像撒一泡尿算是破了四旧。可他们破了四旧后，还没走出村子，就有几个男同学的私处又红又肿，火辣辣地痛得喊娘。

　　当然，还有很多怪事，就不一一细说了。

　　6月30日一大早，涂疯子和他的狗就围着村子大喊大叫，

"不得了啦不得了啦,关老爷出事啦,大家快起床逃命去吧!"

涂疯子的话,没几个人相信。涂疯子天天在村子里鬼叫鬼嚎要出大事,可他叫了几年,村里屁事没出。大伙该伐木的伐木,该开山炸石的开山炸石,村里的石料厂一家接着一家开起来,精致的麻石一车一车地往山外拉,票子一沓一沓地往采石场和麻石加工厂老板的腰包里塞。

涂疯子跑到村支书老海家门口鬼叫时,老海正上完茅房,他一边拉着裤子,一边往茅房外走。

涂疯子一见支书老海,吓得脑壳一缩,转身就跑。涂疯子的狗对着支书老海"汪汪"叫了几声,也夹着尾巴跟在涂疯子的屁股后面一瘸一瘸地跑了。

支书老海冲着涂疯子的背影喊道,"疯子疯子,你鬼追急了呀?跑这么快干什么?你说清楚,关帝大王出什么事了?"

老海最讨厌的人就是涂疯子,每当老海的采石场开工,涂疯子总要疯疯癫癫地鬼叫鬼嚎。开采石场的没有一个不信兆头,没有哪一个不敬菩萨。所以每当涂疯子鬼叫一回,老海就要打他一回,打了涂疯子后,再赶紧备了香烛,买了猪头,杀了叫鸡,到石庙拜关帝大王。幸好这关帝大王讲信用,吃了人的,还肯替人办事,看,这糊涂村四周的山头被采石场炸得像个癞痢头,除死过几个外乡人,伤过一些没经验的后生子,硬是没出过什么大事。

一大早,涂疯子喊关老爷出事了,老海着实吃了一惊。他想从涂疯子的嘴里问出点什么,可涂疯子是被老海打怕了,老海一声喝,早吓得涂疯子和他的狗一溜烟跑了,只要涂疯子跑,他的狗也会夹着尾巴逃。

老海骂了一句,这个死疯子,嘴里嚼些什么,又要害我去烧一次香。老海系好裤子,到厨房里提了一瓶好酒,装了一碗红烧肉和几个鸡蛋到竹篮里,又拿了香烛,翻过一道石坎,到石庙去向关老爷赔不是。昨天晚上和几个石材厂的老板打麻将打到凌晨两点多，小赢了两三万块钱，如果不是一泡尿胀醒了，这时候恐怕还在床上吹气呢。

二

走到石庙门口，老海心里打了个颤。整个石庙像被水洗过一样，大门、墙壁上挂满了豌豆大的水珠，地面上，湿漉漉的，没一处干爽的地方。老辈上曾传过一句偈子："石庙出汗，关王洗澡，大水进屋，山动地摇。"这句偈子以往都没人弄懂，但是1958年那场大水，让人一下子明白了其中的意思，老海的奶奶就是被那场大水给冲走的。那年夏天的一个早上，就有人看到过老海今天看到的这个情景，当天晚上，龙窖山下了一场垮天的大雨，山上的洪水冲进村子，水一直淹过了窗台，人们睡在床上，床被大水浮起来才发现。老海的奶奶半夜发现自己的床在动，她翻身起来想看个究竟，却一下子从床上跌入水中，她一边喊救命，一边摸东西想站起来，可从窗口冲进一股激流，一下将她从门里卷了出去。第三天，才有人从下游20里地的河沿的一棵老柳树的树杈上发现她的冲掉半边脑壳的尸体。幸好雨到半夜停了，整个村子才幸免于难。

从那场大水后，糊涂村的人才明白，只要石庙的墙壁、石门石柱、地面等地方无缘无故像人出汗一样湿了，一定会下大雨，湿得越厉害，雨就下得越大。涂疯子还没疯的时候，曾向大伙解释过，说是什么空气中的湿度一大，空气中的水分就会附在比较冷的石头上形成水珠，所以预示着要下大雨。但糊涂村的人不信这个鸟科学，他们更想信这是关老爷显灵。

今天石庙这汗出得不同寻常，一定有大雨。老海心里想，只怕是真的要出事呢。他推开石门，更是大吃一惊，只见正殿上那矮矮胖胖的关帝大王竟挪了地方，歪倒在神台下面。老海用手揉了一下蒙眬的眼睛，嘴巴半天没闭上。这大石墩，最少也得千多斤重吧？谁能够将他搬动？难道是他自己跳下来的？老海忙放下手中的东西，潜意识地想去将那关老爷扶正，可刚用手一摸关老爷的额头，老海就吓得一下蹦到了庙门以外，因为关老爷身上出的不是汗，全是血啊！

老海定了一下神，屏住呼吸，再次走进庙中，小心翼翼地用手指尖在关老爷的胸口蘸了一下，再看，鲜红的，真的是血。关老爷身上的水珠，每一滴都是血！

关老爷挪位后，神台上关帝大王的座子下面的石板上，隐隐约约显出一行字："庚寅壬午辛亥，天大雨，山崩地裂，村为乱石葬。"

老海脸色一下子苍白了，浑身冒着冷汗。他丢下祭品，走出庙门的时候，他的手脚有些不听使唤，但他还是谨慎地将庙门关上。他是村支书，他不能将恐慌的情绪带给村里的老百姓，这一点觉悟他还是有的。

他回到家里，从枕头底下翻出老皇历，庚寅壬午辛亥，公元2010年6月30日，正是今天啊。

老海将老皇历藏好后，到村子里逛了一圈。

村后的鸡子石直插云霄，太阳已爬上了鸡子石顶，老海抬头看了看天，空气中厚重的浮尘，映得太阳发毛。石材厂巨大的切石机和磨石机正在发出轰轰的怪响，浑浊的洗石水正汩汩地注入龙窖溪。

自从石材厂创办以来，龙窖山的采石场就遍地开花了，鸡子石是龙窖山最好的采石场，每天几千吨优质麻石采下来，短短几年时间，就将这根龙窖山之根炸掉了半边。

在龙窖山创办石材厂之前，老海还不是支书，他只是一个在广东某石材厂的打工仔，成天灰头土脸，晚上回宿舍用半吨水冲了凉，还能从耳根摸下半斤灰。后来，广东要将这些破坏环境最严重的企业赶出广东，他就用三寸不烂之舌，说动老板将厂子搬到了龙窖山。因为招商引资有功，乡政府不仅奖励了老海三万块钱，还让他当上了村主任。石材厂也聘请他当安全副厂长。

那时，涂疯子也不是疯子，他大名叫涂正文，原来是村小的一个民办教师，后来民办教师转正，他因为没有学历文凭，没转成公办教师，就由民办教师转成了代课教师，大伙都叫他涂老师。涂老师教了十多年书，30岁了还没讨到老婆。

石材厂签约的那一天，涂老师跑到村部，对支书老石说："支书，您知道不，石材厂是被沿海淘汰了的企业，办石材厂，对环境的破坏太大，这吃子孙饭的事，可做不得哟。"

支书老石说："喊，你到村小好好教你的书才是正事，这办厂的事，可是乡里和村里的事，你就别掺和了。"

涂老师说："支书，你是一村之主，可不能只看到眼前的利益，不然，要遭子孙后代指背骂娘的。"

支书老石笑道，那你说道说道，办个石材厂，将这山上毛都不长一根的石头疙瘩变成白花花的银子，有什么不好？你是怕钞票硌得你屁股痛还是怕银子打得你响？

涂老师说："钱固然是好东西，但有一天这山垮下来，可是灭顶之灾呀！"

老海走到涂老师身边，瞪了他一眼，说："你那是放屁，我在广东石材厂工作了十年，从来就没看到垮过什么山，不就炸几块石头吗？有多大的事？我们这山里头，除了石头，还有什么？等村里石材厂办起来了，有了钱，把你那破学校拆了，帮你们学校盖一栋大楼，免得你天天担心学校狗屁危房砸到学生伢！"

涂老师说："那你这石材厂为何不许在广东办了，要移到我们糊涂村来办？"

老海笑道，"嘿嘿，还不瞒你说，咱这糊涂村的石头不知比广东的石头漂亮几多！再说了，咱糊涂村的男人女人都到外地打工，也挣不了几个钱，我把厂子引到家门口，咱村里的老少爷们再也不用背井离乡到外面去讨吃,在家门口都能挣到大把大把的票子,还不好吗?我是造福乡亲,为子孙积德呢!你看你们学校那些没爹没妈疼的伢,几作孽!大人们不出远门,伢们也过得好些嗒!"

涂老师说:"你说的还真是这个理,但用后人的利益换眼前的利益,那是昧良心的事。"

老海生气说:"和你说不清道理,不和你说这些鬼话了,你说这些有啥用,你教你的书,我开我的厂,井水不犯河水。如果你有意见,你到茅厕旮旯去提,权当多放几个臭屁!"

涂老师说:"你们这么胡搞,是要遭报应的!"

老海走到涂老师面前,一把抓住他的衣领,将他往门外一搡,涂老师往后一仰,在村部门口摔了个四脚朝天。老海哈哈大笑说:"你现在就遭了报应!滚!还不快滚!"他说完,嘭的一声将大门关上了。

涂老师从地上爬起来,气愤得嘴巴直哆嗦,半天才喊道,"我一定要你们这缺德的事办不成!"

虽然涂老师多次到乡政府找领导反映情况,陈明厉害,甚至向县里写信,但石材厂还是紧锣密鼓地办起来了。

三

石材厂开工庆典那一天,乡党委书记毛德荣,乡长吴南庸一大早就赶到了糊涂村,率领全乡所有干部,站在村口迎接领导的光临。上午十点,一支浩浩荡荡的车队驶入了糊涂村,县委书记古风、县长马仁,县人大常委会主任王日星、政协主席竟焕然,这县级四大巨头一个不缺,主管工业的副县长李文革和四大家的其他相关领导陪同其后,工业局局长、招商局局长、公安局局长、安监局局长等十几位要害部门的领导也全来了,石材厂前面的货场里,一下子塞满了各式各样的小车,整个糊涂村好像过年一样。

大会开始，老海作为招商引资的功臣，和县委书记一道，坐到了主席台上。

当古书记刚走上前台准备致辞时，涂老师带着几十个学生，举着"不吃子孙饭，停建石材厂"的横幅，高呼着口号，冲进了会场。

这架势，将古书记吓了一跳，他回头不悦地望了一眼坐在主席台一侧的毛德荣书记，毛德荣赶忙跑下主席台，找到维护秩序的乡派出所所长费静，一顿臭骂，"老费，你是怎么搞的？怎么让他们进入了会场？还不快点把他们弄出去！"

老费挨了骂，心中窝火，他立马召集几名干警，冲向涂老师，扭的扭手，按的按头，将他拖出了会场，这群娃娃们哪里见过这个阵势？一下子吓得哭成一片。乡干部们也都过来，将这一群哭哭啼啼的孩子们组织撤离了会场。

这个小小的插曲过后，庆典活动继续热热闹闹地举行。

由于这一闹，涂老师被抓到县看守所关了15日，代课教师也被开除了。

涂老师也真是个犟脾气，人家开人家的厂，炸人家的石头，关你屁事，可他偏偏认死理。从看守所一出来，他不是想办法去找个活路，而是把头一埋，直接奔省城告状去了。

每次去告状，最后总是被遣送回糊涂村。有一次，他竟然跑到北京去了，这一下，县委书记古风生气了，他打电话给毛德荣说："你是怎么搞的？你们乡的那个代课教师，竟跑到北京去上访了，你赶紧想办法处理一下，不然的话，可影响你们的年度目标考评的。"

毛德荣一听，吓了一跳，他立马叫上司机，直奔县维稳办，将流浪汉一样的涂正文客客气气地接回了糊涂村。

毛德荣将涂正文交给支书老石，"这涂正文就交给你了，如果今后他出村半步，老子就撤你的职！"毛德荣撂下一句话，钻进小汽车，一溜烟就出了村。

这一下，可把支书老石难坏了，脚长在人家腿，想走抬腿就走了，你又不能将他关起来，如何控制得住？他把涂正文请到家里，让婆娘烧了水，把自己的干净衣服拿出来，巴结道，"正文，我的个活爷，活祖宗，你快去洗干净吧，今后，你哪里也别去，就住在我家，吃在我家，只要别给我添麻烦就行了，好不？"

涂正文也不说话，他拿了衣服，把自己洗得干干净净，钻进老石给安排的房间，蒙头大睡。

涂正文睡安稳了，可老石睡不安稳，那个愁呀！这个瘟神，如何处置是好呢？

在家里住了一天，老石的婆娘没意见。

在家里住了两天，老石的婆娘还没意见。

可到了第五天，老石的婆娘不干了，一大早，她跑到屋门口，对着村子里来来往往的人，一顿将老石破口大骂，"你当个什么破支书，图了个什么？老娘天天侍候你不打紧，你又弄一个脑膜炎回来让老娘侍候！如果你今天不将那瘟神请走，老娘今天晚上就搬到他房里去睡！"

老石一把将婆娘扯进房门说："娘，我喊你做娘好不好？你这样闹，不是要老子的命？"

老石婆娘骂道，"你个还晓得要面子？老娘就是要闹，要闹得全村人都知道！他告状关你啥事？大不了不当这个支书，老娘懒得陪你给那班白天多事，晚上事多的人赔笑脸！"

其实，老海是巴不得涂正文去告状，只要老石的支书一被撤，这个位置立马就是自己的。所以，当老石的婆娘在村子里臭骂老石时，老海就走过去假装劝和，实际上是煽阴风点鬼火。

老石的婆娘是个人来疯，本来打算骂了一顿，出出心头的恶气就算了，见老海一掺和，火气又一下蹿了出来，对着老海又是一顿骂，"你少到老娘面前充好人，这石材厂不是你引狼入室，他涂正文好好地教他的书，怎么会到京城告什么状？"

老海笑着说:"嫂子,这就是你的不对了,村里办石材厂,可是引导老百姓奔小康的大好事,他告状让他告去,还怕了他不成?屎壳郎力气再大,也翻不动磨盘!毛书记说撤老石的职,就真撤了他的职?在糊涂村,除了石哥,这支书就没人当得下!让他告去!好酒好饭天天弄给他吃,还真是惯坏他这坏毛病了!让他滚出你家去!"

老海的一番话,让老石婆娘好像找到了靠山,她跑进涂正文住的房间,提了他的一个破包就往门外一丢,指着还在呼呼大睡的涂正文吼道,"你还在挺尸,快给老娘滚!老娘再也不侍候你了!"

老海听后,暗暗发笑,他望了一眼阴着脸的老石,背了双手往石材厂去了。

四

背着双手走路,是老海当了村主任后养成的习惯。他觉得背了双手,披着外套,就有着与众不同的威风。他从石庙出来的时候,由于心中过于恐慌,他的手不知是放在什么地方的,回家后,他将心情平静一下来后,藏好老皇历,觉得应该背了双手到村子各处走一走,还不知涂疯子在村里会散播什么谣言呢,只有自己像往日一样闲庭信步地在村里走一遭,村民们才会有主心骨,才能也和往日一样安心做活。

老海在村子里走了一圈,没发现涂疯子的影子,心里的一块石头落了地,他估摸涂疯子是被吓傻了,应该躲到什么地方去了。如果涂疯子满村地乱喊乱叫,将村子里的人引到石庙去了,一定会引发恐慌。为了不出乱子,老海回到家里拿了一把锁,趁别人还不知石庙情况,将庙门锁上了。

想到涂疯子的疯,老石一直有些得意。如果涂疯子不疯,还不知要给自己惹多少麻烦呢。他这一疯，石材厂就能平平静静生产，采石场就能安安静静炸石头。

当涂正文再次被从北京遣送回乡时，糊涂村的石材厂已上了两条生产线了。石材厂吃石头可真是比老母猪啃红薯还要快，为了给石材厂提供石料，村里又引进了五家采石场。涂正文进村时，正是傍晚时分，鸡子石上的开山炮就像礼炮一样一响接着一响，迎接着从京城凯旋的上访专业户。

看着冲天而起，又天女散花般纷纷坠向山野的石块，涂正文将额头抵在车窗上，泪流满面。

老石的支书被撤了，由老海接任村支书。老海很讲义气，在鸡子石给老石批了一块最好的山坡，让老石办起了采石场。

涂正文的老屋的屋顶被采石场炸飞的碎石砸得像马蜂窝，零乱的床上还散落着几块砖头大的石块。看来家里是不能住了，他只好收拾了一下被窝、锅碗，一包提到石庙的厢房里住下了。

住石庙的好处真是妙不可言，除了不怕炸飞的碎石砸破头，还有吃不完的贡品。以往，除了过年过节乡亲们到庙里烧炷香，供上猪头贡果，平时贡品不多，大多被进村讨食的乞丐垫了肚皮。自石材厂开起来后，进庙烧香的就多了。老板烧香，是求财，求石场莫出事；村民们也烧香，是求上工时莫出事，能平平安安地去，平平安安地回。上香的贡品，村里的人是怕吃得的，所以，村里的野狗多了起来，老鼠也长得像猫一样肥了。涂正文住进石庙，既解决了住，又解决了吃，所以，有一段时间，除了到村里晃悠，就是时不时到各个采石场去看看。

涂疯子在石庙还有一个收获，就是得到了一个好伴，那就是他的黑狗。在涂疯子还没住进石庙之前，这条黑狗虽是石庙的常客，但毕竟是一条野狗，看到人就怕。当涂疯子住进石庙，一开始这条黑狗有点不敢到庙里偷食，但慢慢地发现涂疯子并没有伤害它的意思，便和涂疯子亲近起来，最后成了涂疯子的忠实跟班。

有一天，不知他从哪里弄了个照相机，爬到各个采石场去照相。这事传到老海的耳朵里去了，老海非常生气，就将涂正文堵在路上。

老海说："正文兄弟，我老海敬重你是读书人，所以一些事也不好说你。俗话说，识时务者为俊杰，你看，现在是什么时代了？经济社会呢！政府说不管白猫黑猫，捉到老鼠的就是好猫，你听哥一声劝，别再折腾了，安安生生过日子。只要你答应我，我立马把你安排到我们石材厂做事，你是有文化的人，帮我管理一下厂里的日常事务，一个月两千块钱工资。你也老大不小了，该找个女人成个家了。"

涂正文也不说话，连忙将照相机塞进怀里，想绕过老海。

老海伸手一挡，差点将涂正文弄到石坎下去。老海说："看看，肩不能挑，手不能提，走个路还走不稳，我能给你一碗饭吃，是看你读书人的面子。如果你硬是不要面子，那也怪不得哥哥我了。"

涂正文说："想要子子孙孙都有饭吃，都有命吃饭。"

老海说："好好好！你行，你子子孙孙有饭吃！就怕你连屎都没的吃，连屎都吃不成！"

当天晚上，涂正文正靠着关老爷，就着关老爷像前的长明灯，准备写一封信。突然听到有人在喊涂老师。好久没有人喊过涂老师了，涂正文一听，一股热流从心底涌向鼻尖。他站起来，在摇晃的灯光中将石门推开，当他刚将头伸出去，想看看喊他的是谁时，只听到自己的后脑勺哪的一声响，他便什么也不知道了。

当他第二天睁开眼时，他吼出的第一句话便是："哒——我关老爷在此，谁敢动我的石头——"

那一直守在涂疯子身边的狗被他这一喝，吓了一跳，惊叫着跳出一丈多远。

涂正文疯了！

涂正文把自己当成了义薄云天、铁面无私的关公！所以，他不知从哪里弄来一条扁担，成天夹在胯下，当着他的赤兔马，又找了一根一丈多长的竹竿，上面系上一根红布条，当作他的青龙偃月刀，成天在村子里纵横驰骋。调皮的学生伢，就编了一个顺口溜，只要一见到涂疯子，就唱："涂疯子，骑大马，一骑骑到芭堤雅，芭堤雅，有人妖，快看涂疯子的青龙刀，青龙刀，真是快，一刀砍出个猪八戒……"

但也有人说，涂正文是被关老爷附了身！

从此以后，在糊涂村，涂正文的身份发生了变化，在有些人的心中，他是关老爷，在有的人心中，他是涂疯子。

涂疯子疯得最厉害的时候，是开山炮响起的时候，有时，他会迎着那飞溅的碎石往山上冲，一边冲一边叫："垮山啦——垮山啦——"

飞溅的碎石砸死过村里的牛、村里的驴、村里的猪、村里的狗、村里的鸡，甚至天上飞的鸟，都被这开山炮炸绝了种，可就是没一丁点石头砸到涂疯子的一根毛发。有人说，命贱的命大。也有人说，涂疯子是关老爷附了体的，刀枪不入，这点石头怕个啥！

老海说，这个疯子，炸死了好，大不了出点安葬费。整天鬼叫鬼喊的，听了比乌鸦叫还让人心慌！

前些日子，涂疯子跑到老石的采石厂，胡言乱语了一顿，结果，在放晚工时出现了哑炮，一个四川的炮工去排炮时，那炮像长了眼一样，他手刚伸过去就响了，那炮工被炸得碎石一样，除了一只脚板飞落到石庙前的台阶上，肉星都没找到一点！

事后，炮工的家属找到村里闹事，老海协调老石赔了十万块钱，才了事。

为这事，老石将涂疯子狠揍了一顿，说，你这烂嘴，吐不出半句好话，害老子赔了十万块钱。

老海说:"这瘟神,孤人一个,要是炸死了,又没有亲戚朋友扯皮,大不了办个热闹丧事,请几个和尚道士超度一下,让他后世里转生投胎,投个好点的人家。"

所以,放晚炮时,安全员吹响口哨后,都要把其他的人拦在飞石范围之外,而涂疯子不管在哪里,都没人拦他。

可是,那飞石就像长了眼睛,马蜂一样在他的头顶飞,落前落后,落左落右,就是没一块落在他的头上。

五

大伙是盼着有一天一块石头就落到涂疯子的头上,但石头它自己不落下来,总不能捡一块石头砸到他头上吧?只好叹气,并狠狠地骂,"命真大,打不死的程咬金!"

涂疯子不死,疯话天天会有。涂疯子的疯话,有几次不幸被人家中了彩头,所以,只要涂疯子出现在采石场或者石材厂,还不待他开口,准会招来一顿打,轻则几个耳光,重则头破血流。

因此,涂疯子身上的伤是不断的,旧伤没好,又添新伤。

涂疯子常常被打,村小的老师们有些看不过眼,但看不过眼,也只能暗自叹息。原来涂疯子在村小教书的时候,老师们非常敬佩他,一是涂疯子写得一手好字,钢笔、毛笔、粉笔,样样写得好,特别是涂疯子的课堂板书,就像印在黑板上的一样。另一点是涂疯子带的学生,成绩总是排在全乡第一,学生也非常喜欢他上课,特别是他上自然课,喜欢把一些花呀、草呀、石头呀、虫子呀弄到课堂上来,他还有时从实验室里弄些瓶瓶罐罐放到讲台上,这样一弄,那样一弄,黑的变红,红的变蓝,蓝的变白,简直让学生疯狂。涂疯子还会预测天气,他的天气预报,比中央电视台的天气预报还准。涂疯子的人品也好,哪个学生家里有困难缴不起学费,他就从他的一点点工资中抠出来帮他们交上，哪个老师家有个重活要干，他也常常自告奋勇地帮一把，从不惜力气。现在涂疯子落了难，老师们是想帮他一下，但涂疯子不知是铆上了哪股子牛劲，劝也劝不回，说也说不听，所以，大伙也不知从何处帮起了。

有一个星期天傍晚，张老师从乡里回家，路过石庙，见涂疯子躺在庙门前的石级上，连忙将他扶进庙里。她将神台前的电灯拉亮，发现他的额头不知是被谁弄了一条口子，正在往外流血，便找了一块破布，帮他缠上。

张老师的老公是乡政府的林业员，他每个星期三晚上回糊涂村住一晚。张老师呢每个星期五下午放学后去乡里度周末，星期天下午回村，开始一个星期的工作。所以每次回村，路过石庙时，总要在庙门口的石墩上歇歇脚。这天这一脚没歇好，惹出一场误会出来了。

这时，支书老海从庙门经过，见庙里有动静，便推门进来，见涂疯子正歪在张老师的臂弯里，便咳了一声，阴阳怪气道，"哟，看来我来得不是时候哦！呵呵，这天下也真是无奇不有哦，各人有各人的口味，难怪难怪，乌鸦还喜欢臭肉呢！不打扰了！拜拜！"

等张老师回过头来，老海已退出庙门，并将庙门轻轻关上了。

老海这一关门，将张老师弄得一肚子愤恨，却无处发泄。她狠狠地骂了一句，"真是无耻！猪狗不如！唉！老涂，你小心点吧，没人能帮得上你。"

第二天，村子时便传出张老师和涂疯子在石庙偷情的新闻。有人不信，说张老师长得那是要鼻子有鼻子，要眼睛有眼睛的，特别是那细皮嫩肉的手，白里透红的脸，走起路来晃悠晃悠的胸，让几多人看了流哈喇子，就连乡里毛书记想打她的主意都打不成，她怎么会和脏兮兮、疯癫癫的涂疯子扯得上腔呢？又有人说："这张老师结婚之前就和涂疯子有一腿，后来张老师嫁给了乡里的林业员李劲，涂疯子就发誓再也不找人了，这不？涂疯子不是为张老师一直单身着吗？"还有人传得更是有鼻子有眼，甚至细节都历历在目，好像是亲眼所见一般。有道是好事不出门，坏事传万里，这则新闻传到在乡政府工作的张老师的老公李劲耳朵里时，已成了张老师和涂疯子正在关老爷座前做那事时，被支书老海捉了现场。

李劲听到这个绯闻后，勃然大怒，他骑了摩托车跑到村小，将张老师从课堂里拖出来，不问青红皂白，就是几巴掌将她打翻在地，再狠狠地踢了几脚后，疯了一般满村子找涂疯子，最后将涂疯子堵在了去老石采石场的路上。

涂疯子胯下跨着一条扁担，手里举了一根竹竿，竹竿上系了一条红色的破布条，脖子上围着一圈不知从哪里捡来的用麻绳穿起来的女人用过的卫生巾。在他的心中，那扁担就是他的赤兔马，那竹竿就是他的青龙偃月刀。他见李劲的摩托车飞驰而来，急急地往路边一蹦，将竹竿往路上一横，大喝一声，"呔！关老爷在此，尔是何方神圣，还不快快下马受死！"

李劲的摩托车一个急刹车，差点翻进路边的水沟里。他从车上下来，冲上去就是一脚，将涂疯子踹落在水沟之中。

涂疯子一身水一身泥地从沟中爬起来，抹了一把脸上的泥水，挥舞着手中的竹竿，大喊："还不快快报上名来，我的青龙偃月刀下不死无名之鬼！"

李劲冲过去，又是一脚，涂疯子再次掉入水沟之中。涂疯子又从沟中爬起来，这次，竹竿上系的红布条落在水沟里漂走了，他定定地望了望手中的竹竿，又大喊道，吃我一刀！

他的竹竿还没举起来，又被李劲踹落沟中。涂疯子在沟中挣扎了半天，终于站了起来，他怒视着李劲，双眼中仿佛要冒出火来。涂疯子的黑狗也对着李劲，露出牙齿，嘴里发出呜呜的低吼。

李劲一看，不知为何，心中突然有些胆怯起来。这时，山上的放炮哨声响起来了，他趁机上了摩托车，一溜烟跑了。

涂疯子挥舞着竹竿大喊："手下败将，哪里逃——"

突然一声炮响，碎石如雨，有一块海碗大的石块砸在离涂疯子不到一米的水沟中，溅起的泥水，扑了他一脸。

自从涂疯子与张老师的桃色新闻在村里炸锅后，再也没人敢关心涂疯子了。

老海觉得自己的脑瓜子好使，对付一个涂疯子，只需用他千分之一的脑细胞。但对石庙关老爷身上的血，他的脑袋有些转不过弯来。整整一上午，他的脑壳里就像一罐糨糊。

六

中午时分，老天爷突然变脸了。本来吃午饭的时候，太阳还贼亮贼亮的，照在膀子上有些炽痛。可一丢饭碗，一团团雾云从鸡子石顶上压下来，就像一床厚厚的棉被，将糊涂村捂了个严严实实。有几片云头低得压住了石庙的屋檐，那滚滚的云团撞在石庙的飞角上，仿佛有浪头撞过来的水声。

这时，涂疯子也好像和天上的云一起从哪个角落里冒了出来，他骑着扁担，挥舞着手中的竹竿，那竹竿上的红色的破布条发出啪啪的响声，他每挥一次，就好像要从空中抽打出水来。

涂疯子一边挥着他的青龙偃月刀，一边在村子里乱跑乱叫，"皇嫂还不带着阿斗快快逃命，今天老龙潭孽龙作乱，天崩地裂，300年一回，子龙贤弟，快快前来救驾，我关云长抵挡不住也！"

当涂疯子跑到村部门口时，见村部大门紧闭，便冲过去飞起一脚，将门踢开，见老海正搂着妇女主任姣娥在沙发上做那事，涂疯子大叫一声，"我关云长来也！孽龙你往哪里跑，快吃我一刀！说完，挥起竹竿就往老海的光屁股上抽。"

老海一翻身从沙发上滚落下来，姣娥尖叫一声，连忙将一条毛毯往身上裹。

老海顺手从桌上抓起一个奖杯就往涂疯子身上掼，涂疯子急忙闪开，蹦到一边，捡起从墙壁上反弹过来掉在地上的奖杯，大喊着往门外跑："呵呵，我的青龙偃月刀威力无边，斩落孽龙的一只前爪！"

涂疯子从村部出来，刚好碰到几辆小车开进村里，涂疯子往马路中间一站，将扁担一横，高举手中的青龙偃月刀，大喊："孟德，往哪里去，念在过去交情的分上，我关羽饶你不死，还不快快下马投降！"

涂疯子那神气，大有"一夫当关，万夫莫开"的架势。

小车见有人挡道，忙按喇叭，但涂疯子就是不肯让道。

这时，前面那辆小车的车门打开了，只见乡里书记毛德荣走下车来，他走到涂疯子跟前五米远的位置停住脚步，这里刚好是涂疯子的青龙偃月刀够不着的地方。他说："老涂，怎么又是你在这里捣乱呢？还不让开，县委古书记来视察工作，你莫乱来。"

涂疯子可不管什么古书记毛书记，他挥动青龙偃月刀，喝道："今天孽龙作乱，天崩地裂，我且放你逃出华容道，阿满老儿，还不快快逃命！"

他说完，闪到路边，毛德荣连忙上车，一溜烟就到了村部门口。

这时，支书老海和妇女主任姣娥已穿戴整齐，急急忙忙跑到门口迎接县乡领导。

毛德荣一下车，便呵斥道："那个涂正文，怎么还让他到处乱跑，刚才竟敢挡了古书记的车，还胡言乱语什么天崩地裂，太不像话了嘛！"

"是是是，我刚才才把他从村部赶出去，不知两位领导要来，所以……"老海听说涂疯子挡车，吓得不轻。

毛德荣说完，连忙去给古书记开车门，古书记的司机已先一步将车门打开，用手挡住车门的上方，请古书记出来。

古书记见到老海，笑呵呵地说："老海呀，干得不错嘛，我一道过来，进山运石材的车子络绎不绝，生意蛮红火哟。看来，这条路子是走对了，我看啦，我们还要加快招商引资力度，多上几条生产线，走出一条产业化的路子。"

老海忙说："还是党的政策好，是各级领导的决策英明。如果不是古书记您大力支持，我们这山旮旯的石头，永远也翻不了身！"

毛德荣说："我们乡政府正准备到糊涂村召开一个产业结构调整现场会，再到沿海去多请几个老板过来考察……"

古书记说："嗯，这个想法好。今年我到市里开会，有人就拿我们南港县开玩笑说，南港的产业调整很到位，是轻重并举，第三产业发达。轻工业是江南的弹棉花，重工业是龙窖山的打麻石，第三产业是……，呵呵，这打麻石有什么不好？变废为宝，利国利民嘛。"

毛德荣连忙附和道："就是，发展经济，就是要因地制宜，扬长避短，我们龙窖山乡没别的，有的是好石头，我们就要利用自身资源优势，发展麻石产业。"

这时，涂疯子不知怎么又冒了出来，他挥着竹竿，站在远处大喊："大水冲了龙王庙，自家人搞自家人，今夜孽龙作乱，山崩地裂，全村死绝，也是自家人搞自家人，我关云长虽义薄云天，无奈青龙偃月刀斗不过孽龙，主公啊，皇嫂啊，你们好自为之吧，我关云长逃命去也——"

涂疯子喊完，将扁担往胯下一夹，如骑着一匹拐脚马，一跛一跛地走了。

古书记看着远去的涂疯子，笑道："这人有点意思。"

毛德荣道："这个涂疯子，就是那个上访专业户，不知怎么就疯了。"

古书记一愣，随即淡然一笑道："这种人，脑袋本身就有问题，固执己见，自以为是，当走向极端时，就会出现神经错乱。还过，这个人，你们还是要给他安排低保，让他也享受到改革开放的成果，感受到党和政府的温暖。"

毛德荣说："好好好，一定按您的意思办。"

古书记转向老海道："今天我们也就转一转，了解一下下面的情况，你们俩，辛苦了，继续好好干！"

老海和姣娥对望了一眼，姣娥脸一红，连忙低下头，两人同声道："不辛苦，一定继续好好干，决不辜负领导的期望。"

毛德荣让古书记先上车后，正准备钻进车里，老海连忙跟过来，在他的耳边小声说："毛书记，我一件事想向您汇报，今天早上，石庙出事了。"

毛德荣一听出事了，惊得刚踏进车门的脚又缩了回来，"出事？出什么事？还不快说！"

老海说："石庙的关老爷倒了，身上一身血。"

毛德荣松了口气说："一个石菩萨，哪来的血，莫危言耸听！他说完，上了车，鸣了几声喇叭，跟在古书记的车后，扬起一路灰尘出了村。"

七

当两位领导走后，老海望着姣娥，大笑道："你们俩，辛苦了，继续好好干！"

姣娥笑骂道："你差点就被那疯子惊了个马上疯，要是让古书记和毛书记看到、看你如何面对？"

老海嘿嘿笑道："这事只听说过，没见过。要说见过，也只见过公狗和母狗扯不脱皮，怎么会在我们身上出现，真是的。"

他们两个调了一会儿情，老海说："今天还是要注意一下，可能是要下大雨呢，老辈上说，'石庙出汗，关王洗澡，大水进屋，山动地摇'。今天早上这石庙真出汗了，关老爷身上也是一身水，而且还是血水，我们宁可信其有，不可信其无。"

姣娥一下吓得脸色苍白道:"什么?关老爷身上一身血水?你真看到了吗?"

老海点了点头说:"也真是怪事啊!真是血呢,我不仅看到了,还摸了我一手呢。"

姣娥道:"那怎么办?"

老海说:"你也莫声张,这事是不能乱说的,我们是共产党员,不能迷信,更不能宣传迷信。这样,半下午的时候,你把你一家老少都带到山外去,我也将家里转移。在村里投资的老板,我安排他们今晚都到县城吃饭,搞娱乐活动。至于村民,我再想办法做临时性的安排。这样如果没发大水,我们是不声不响做的,上面也好,下面也好,都不知情,既不挨批,又不闹笑话。如果出了事,我们是有预见,及时安排了转移,领导会大肆表扬。"

姣娥说:"无缘无故要老百姓转移,他们会走吗?"

老海说:"实在不行的话,该死的朝天,不该死的万万年,也怪不得我们咧!"

姣娥说:"要不还是把石庙的事向大伙说说吧?老百姓还是信关老爷的,不然万一出了事……"

老海说:"不能说,就听我安排吧。"

姣娥说:"那,我先走了哈?"

老海说:"你将家里安排好后,也赶到县城去,我们到那里会合。老板们我一个一个地通知,如果天果真下雨,我再安排村干部组织老百姓转移到高处。"

姣娥急急地在老海的脸上亲了一下,转身就要走,老海见她扭得像磨盘一样的屁股,忍不住一手将她的腰搂过来,另一只手不忘在她的屁股上掐了一把。姣娥扭捏了一下身子道:"这大青白日的,在外面也不怕被人看到。"

两人的好事,因为被涂疯子无端搅了局,又碰上领导路过,都没尽到兴,所以心里都有些不舍,两人一对眼,又进了村部。

涂疯子从村部出来，本来打算到学校去的，但自从那次与李劲打架之后，他再也不敢到学校去了。不知是被李劲打怕了，还是怕给张老师惹麻烦，反正是见了张老师他就绕道走，碰到学校其他老师，甚至是学生，他也会站得远远地望着，不与他们亲近一点点。

涂疯子疯到龙窖溪边，想趴到溪里喝口水，但溪里流的不是水，而是切割石块和打磨石料后注入溪中的石浆。他转过身，碰到老石正往他的采石场去，便大吼道："阿瞒老儿，还不快快逃命，小心我砍你狗头。"

老石骂道："少到老子面前装关公，老子一石头砸死你，上次要不是你那鸟嘴乱喷，害我赔十万块钱，老子不晓得去享福，还到山上去抓死。"

涂疯再挥刀直指老石道："还不带着你那些残兵败将逃命去也，今天孽龙作乱，我保不了你也——"

老石捡起一块石头就向涂疯子砸来，涂疯子往斜地里一蹦，跨着他的赤兔马逃也似的跑了。

八

天越来越黑，那云就像一床破被絮压在了糊涂村身上，鸡子石早已被黑云裹得严严实实，不见了踪影，鸡子石的石头里都挤得出水了，开山炸石的民工不敢在山上久留，都提前收了工，他们三三两两的，扛了撬杠、角锄，匆匆地往山下跑，各自归到自己家里头去了，生怕碰到大雨。

姣娥一家人坐了她老公的运石车出了村，随后就有大大小小的车子离开了村子。

大大小小的老板也随后应支书老海的邀请，到县城赴宴去了。

老海向几个村干部做了交代，如果天下大雨，就要见机行事，注意千万不能出安全事故，自己则开了才买不久的马自达，带了一家老少，还有现金存折，在大雨来临之前离开了糊涂村。

下午四点，石材厂的水磨机第一次这么早停止了他的哐当哐当的喧嚣，村里突然静得吓人。有听惯了这噪声的狗，突然耳根静下来，村子里一点动静，就让他们反应灵敏，当那大大小小的车子开出村去，狗们就跟在后面一阵狂咬。

中午时，涂疯子就骑着他的扁担，挥着他的竹竿，到各个屋场去狂喊："今天孽龙作乱，天崩地裂，我关云长抵挡不住也，还不快快逃命去也。如若不信，到石庙看看，我的真身全身是血，我的原神已逃出来也！"

大伙都知道他是疯话，就笑问："关老爷，你那青龙偃月刀那么厉害，你的赤兔马跑得像风一样，怎么连一条孽龙都降不住？"

涂疯子答非所问地叫道："孽龙已布好了阵脚，虾兵蟹将杀将来也，快随我逃到高处观战也！"他说着，又跑到别的屋场去了。

有的人将信将疑地跑到石庙，想探个究竟，无奈庙门紧锁，他们只好作罢。

但关老爷石像昨夜被跌得鲜血直流的消息却在全村传开了。特别是那什么天崩地裂，世界末日的神谕，在村子里不胫而走。村里的人不信天不信地，但对关老爷都信到脚趾缝儿里去了，只要一听说关老爷真的出事了，大伙都有点怕。

就有人开始骂破吠，甚至有人悄悄收拾东西，特别是将一些值钱的东西、存折、现金，都装进包里，准备随时走人。

有人说："村干部都走了，老板也走了，都逃命去了，丢下我们老百姓不管了，我们赶快自己逃命去。"

但大多少人说："58年那么大的水，也就死了老海他姆妈，该死的朝天，不该死的万万年，世界末日要来，逃到哪里都是一个死，与其逃到外面做个野鬼，还不如死在家里安逸些。"

雨还没下下来，大伙都你看着我，我看着你，没有那个带头去逃生，都怕别人笑话自己，胆小如鼠不像咱糊涂村的人，咱糊涂村的人怕过谁？天不怕地不怕，关公来了掰起胯！

　　不到五点，凝聚了几个时辰的云层终于扛不住重量，突然从半空中垮了下来，那雨就像决堤的水，直往地面上倒。各家各户的屋檐上，不到一分钟就成了哗啦啦的瀑布，飞溅到阴沟里，冲起地上的黄土，漫过晒场，汇进浑浊的小溪，冲入村前的龙窖溪，龙窖溪一下子浊浪翻滚，水声轰轰了。早早地收了工的村民，都龟缩在自家的屋檐底下，呆呆地看这场豪雨如何收场。年纪大一点的，经历过1958年那场大雨的，就开始担心起来，他们一边回忆那场大雨，一边咀嚼着老辈上传下的那句话，胆战心惊地喃喃自语，"莫不是真的要发大水？"于是后悔没听涂疯子的疯言疯语，到山外亲戚家里躲得大水。

　　本来涂疯子还骑着他的赤兔马各个屋场疯跑的，这大雨从天上垮下来，将涂疯子淋了个透湿。他站在村小的操场上，只向着山坡上望一眼，就差一点被泼下来的雨呛得闭过气去。这一呛，将涂疯子呛醒了，他丢掉手中的鞭子和胯下的扁担，冲进村小，他大声地喊："学生呢？娃们呢？都到哪里去了？"

　　原来，学校发现要下大雨，怕这危房垮塌伤到学生，就在下雨之前将学生放回家了。

　　涂疯子发现学校空空的，大叫道，坏了坏了。心想，这几十个学生在一起还好转移，一分散到各家去，转移就难了，这如何是好！

　　涂疯子看看天，硬是断定这场大雨不同寻常。于是，他又从学校冲出来，冲进雨瀑中，他要将学生和老师全部集中起来，转移到高处，他要将全村的老少爷们全部赶出村子。这糊涂村就像个山盆，四周高中间低，除了村口一个狭窄的水口，别无出路。他必须在山洪将出路封住之前，将大伙转移到石庙里去，在村里，因为石庙的地势最高，石庙下面是深谷，不管多大的水，都不可能淹到石庙去，就算垮了山，也砸不到石庙。

这一会儿，涂疯子从来没有这么清醒过。

他先是跑到几个学生娃家里，学生娃一见昔日的涂老师今天的涂疯子，都拍着巴掌大叫大笑："涂疯子，骑大马，一骑骑到芭堤雅，芭堤雅，有人妖，快看涂疯子的青龙刀，青龙刀，真是快，一刀砍出个猪八戒……"

当涂疯子招呼孩子们时，没有一个人听他的，都把他当成疯子看。涂疯子急了，冲进一户人家，将一个孩子抓起，夹在腋下就跑，这时，一个家长看到涂疯子抓孩子，大惊，冲过去就是一棍，将他打翻在地，夺了孩子就跑回去，将大门关上了。

有一些人本来都在自家门前看雨，见涂疯子冒雨抢孩子，生怕他跑到自家来，都纷纷将门关上，任涂疯子如何敲门，就是不开。

涂疯子没办法，只好跑到张老师家里，央求张老师发动村小的老师，赶快组织学生到石庙去，不然就来不及了。张老师听了涂疯子话，有点将信将疑。

涂疯子说："张老师，你难道也认为我真疯了吗？"

张老师吃了一惊，"难道你是……"

"没时间解释了，赶快吧！涂疯子说完，又冲进了雨瀑中。"

九

涂疯子冒着大雨，到各家各户去喊："老少爷们，大伙就听我疯子一回吧，赶快到石庙集中吧，不然就来不及啦。"

有胆小的，见涂疯子突然不疯了，特别是这雨没有半点停的意思，便开始收拾东西，准备冒雨离开。但大多数人不信邪，不肯离开，有些人不是不想逃，是舍不得家里的猪呀，鸡呀，牛的，怀着一种侥幸心理。

见大伙不愿走，涂疯子就给他们下跪，给他们叩头，涂疯子下跪的姿势很吓人，他像是突然被人砍掉膝盖一样，嚯的一声，整个身子垂直往下落，膝盖硬生生地撞在地上的青石板上，接下来，便弓下身子将额头往青石板上一碰，好像要碰出个火花来，好像大伙不走就要碰死在你家门口似的。大伙见他那不要命的样子，知道涂疯子不是装疯，而是真疯，疯到让人发怵了，便纷纷收拾了东西，顶了大雨，往石庙去。

老石这时发现这天不对劲，便出面组织村里没有离开的村干部，还有一些党员，也开始冒雨挨家挨户强制村民们丢掉猪、鸡、狗、牛，撤离糊涂村。

龙窖溪的水突然暴涨起来，那浑浊的浪头，夹杂着树枝圆木，冲向村口的石拱桥，有的已堵在桥洞里，那水就倒灌进村里，窄窄的村路都隐到水底去了。

天色渐暗，大雨仍然越下越猛，几百人堵在路上缓缓地向村外转移，涂疯子背着村里年纪最大的老婆婆，一边指挥一边艰难地移动。村路上，哭喊声，狗叫声，还有风雨声，雷鸣声，山溪中山洪的轰响声，连成一片。就像有千军万马在厮杀，又似有天兵天将突然降临到这巴掌大的地面上，让人心惊胆战，晕头转向。

老石将石庙的锁砸开，将村民们都往石庙里让，终于，在天黑之前，村民们都集中到了石庙。大伙见那关老爷倒在神台下，就有人去摸，想弄清关老爷满身是血的真相，一摸，果然一手血。这时有人突然跪下，大喊："关老爷，快救救我们吧！"

涂疯子这时就像那指挥着千军万马的关云长，他一边用手抹着脸上的雨水，一边要老石按屋场清点人数，又命令村小的老师们清点学生娃。

老石点了三遍，村民一个都不少，但少了一名学生。张老师说："涂狗娃不在。"

涂疯子一听，大喊道："狗娃呢？是怎么搞的？"

张老师说："狗娃家里父母全在外打工，他一个人在家。我们把他忘了。"

涂疯子一听，骂了句"该死"，便疯了一般就往村里冲。

这时有人喊："水都漫进村了，进不去了。"

涂疯子头也没回，往村里狂跑。涂疯子的狗一见主人跑了，也像箭一样向雨水编织的夜色中射去。

夜黑下来，雨却还在扯天扯地地下。涂疯子疯了一天，已有些筋疲力尽的感觉，他的双脚在水已漫过膝盖的村路上拖着，他真巴不得能扛着双腿贴着水面飞进村去。

也许是停电了，村子里黑漆漆的一片，幸好有他的狗在前面探路，他才不至于掉进路边咆哮的山溪里去。

村里的每一条小路他都是熟悉的，村里的每一条田塍、每一条溪沟，他都是熟悉的，哪里有石桥，哪里有高沟坎，他平时都了然于心。特别是每一个学生家住何处，他更是一本全书。但今夜，看到的是满田、满畈的白花花的水，他的脑子里有些迷糊了，人甚至有点摇摇晃晃起来。

他叫了一声老黑，只听到他的黑狗在他前面一米的地方呜呜了两声，他的脑子似乎才又清醒了一些，他用手在自己的脸上掴了一掌，伸手抓住狗尾巴，踉踉跄跄地进了村。

涂疯子脚上那双早已大脚趾朝天的解放牌胶鞋早已不知被水冲到哪里去了，光着的双脚也许是被碎石，也许是被树枝刺穿，一阵阵刺心的痛，但他一点也没放在心上。

村边溪沟里的水声轰轰，屋檐上的水声哗哗，他凭着脚的感觉，直奔狗娃的家。

他突然听到狗娃的哭喊声了。

是的，正是他的声音，他可能是绝望了吧？他在喊什么呢？

"涂疯子，骑大马，一骑骑到芭堤雅，芭堤雅，有人妖，快看涂疯子的青龙刀，青龙刀，真是快，一刀砍出个猪八戒……"

涂疯子的狗也突然狂吠起来。

涂疯子突然笑了，他也大喊道："涂疯子，骑大马，一骑骑到芭堤雅……狗娃，你别怕，涂疯子在这里呢，你别乱跑！"

涂疯子找了一根绳子套在黑狗的脖子上，背起狗娃，牵着绳子，沿着来时的路，往村外奔跑。这一次，他的双脚真的仿佛是被他扛在了肩上，他一点也没感觉到累，他在心里一遍一遍地默念，飞起，飞起，不然就来不及了。

终于快到了，他听到了鼎沸的人声，听到了孩子们呼唤涂老师的声音，他的眼睛一下子湿润了。

突然，半空里仿佛起了一个惊天的炸雷，紧接着，便是一阵长长的轰隆隆的声音，这声音像是龙吟虎啸，又像是山崩地裂，整个糊涂村都像在打着摆子，发出阵阵战栗。涂疯子回头一望，差点跌入滔滔水流之中。黑暗中，仿佛有一束红光随之冲天而起。远远的天幕之外，一堵黑乎乎的大墙，突然从半空中跌下来，它夹着一股强大的气流，旋转着，撕扯着，仿佛要将一切都往一个无底的深渊里拽，周围的一切声音都被那种将耳膜震得发麻的轰鸣声掩盖住了。涂疯子铆足了劲，就往山嘴上冲，但他的脚却像踩在一面软绵绵的破鼓上，让他的身子无法使劲。他知道，身后有着千万头狂狮在追赶着他，那呼哧呼哧的鼻息已让他的后背阵阵发凉。涂疯子的狗在前面拼命地挣扎，企图挣脱那套住自己脖子的绳索，它似乎也感觉到了狂狮已张开了巨大的血口，在向它咬过来，从喉咙里发出了低哑的绝望的呜呜。

轰——嘎嘎嘎——

一个蓄积了巨大力量，夹着碎石和泥浆的浪头，像一只魔掌，从背后扇过来，涂疯子在心里默念着，去吧去吧，他将手中的绳子一松，后背往前一耸，狗娃子便随着那股无形的力量，从他的头顶飞过，落在石庙台阶上。涂疯子的狗尖叫一声，也被那气流抛起，冲到白果树下。涂疯子则如一片浪屑，被卷挟着，撕裂着，吞入那狂狮张开的黑黢黢的巨口之中。

惊涛拍岸，乱石崩云，那席卷一切的力量，触到哪里，哪里就摧枯拉朽般被铲除，那傲然壁立了亿万年的关山嘴，此刻，也在战栗不止。石庙的每一块石头都在发出吱呀吱呀的声音。

顿时，整个石庙一片哭喊之声。

十

天亮了，雨停了，除了龙窨溪中轰轰的水响，鸟雀不鸣，狗儿不叫，已成废墟的糊涂村，乱石遍地，泥沙横陈，整个村庄一遍死寂。

村民们聚在石庙中，有的坐着，有的站着，有的一家人拥成一团，仿佛还未从昨夜的噩梦中醒过来。

张老师好像是突然想起了什么，她冲出庙外，站在石坎上对着村子大喊："涂老师——你在哪儿——"

孩子们也相跟着拥出石庙，站在张老师的身后，对着村子大喊："涂老师——你在哪儿——"

村民们也拥出石庙，站在孩子们身后，对着村子大喊："涂老师——你在哪儿——"

山谷发出一阵阵的回响："涂老师——你在哪儿——"

庙侧的山沿边，涂疯子系着红布条的青龙偃月刀，被泥沙埋住半截，那红色的布条被雨水冲洗后，格外地醒目。涂疯子的大黑狗，蹲守着那红布条，一动不动，就像一座石雕。

这时，狗娃突然大声唱起了他们自编的童谣："涂疯子，骑大马，一骑骑到芭堤雅，芭堤雅，有人妖，快看涂疯子的青龙刀，青龙刀，真是快，一刀砍出个猪八戒……"

"涂疯子，骑大马……"整个村子的上空响起了一阵阵悲怆的童谣。

涂疯子的大黑狗此时也突然仰天发出一声狼一样的嘶鸣……

这不是我的牛

赔　牛

"您就是江南卫视胡琴乱弹里的胡大人吗？

胡大人胡青天啊！

真的，这不是我的牛！我只是一个牛倌。您可要为草民做主啊！"

"如果这是我的牛，丢了就丢了，我会自认倒霉。如果只是一头两头牛，丢了就丢了，我会自认倒霉，砸锅卖铁，凑钱赔人家。可这是50头牛啊！怎么说没了就没了呢？我拿什么赔人家呢？马上就要开春了，大家伙都等着牛犁田打耙呢！"

我的大名叫萧学文，对，我的大名。我爹，我爹的爹，也就是我爷，都是牛倌，都没念过一天书。我娘生我后盼我多读书，长大了不当牛倌当大官，就给我取了个名字叫学文，但我天生不是读书的料，我只喜欢喂牛，我读了四年书，还在小学一年级，老师说，萧学文小学一年级本科毕业，再读就是研究生了。我爹气得要死，说："你这书是如何读的，都读到牛屁股里去了！"那时，我不知道书是不是读到牛屁股里去了，但我觉得牛屁股蛮有本事，不仅可以生牛崽，屙出牛粪香喷喷的，有一股青草的味道，是最好的肥料。

我还有一个小名，叫牝牛婆。您别笑，我爹说，贱名好养活。为什么不叫牯牛？我爹说，牯牛好斗，我们家在糊涂村是杂姓，斗不过人家胡姓和涂姓，牝牛温顺老实，老实人受人欺，但我们家已习惯了受人欺。我爹说："你爷就是太强，一个牛倌，竟敢与东家斗狠，结果被东家告发是共党，被王剪波一枪打掉半个脑壳，歪在糊涂村的白果树下，脑浆都喷了一树。"可怜我翁妈吓得几天不敢去给我爷收尸。我爷被王剪波枪毙那阵，我爹才七岁。我爹说："王剪波是我们临湘的县长，威风得很，骑着高头大马，那马对着他打个喷嚏，就把他吓得尿裤子了。"我爹说："不是我胆小，你爷被绑在白果树底下的时候，很多人都围着看，你翁妈牵着我的手，抱着你叔，也躲在人群里看，你爷胆子钵子大，竟敢对着王剪波笑，不喊半个冤字，更不说半句软话，真是一头蛮牯牛。"王剪波拿着驳壳枪瞄准我爷的脑壳准备开枪，我翁妈牵着我爹，抱着我叔，对着王剪波的高头大马冲过去大喊老爷枪下留人，被我爷瞪了一眼，骂了一句"臭婆娘，还不死起跑，找死啊！"。那时，我爹正站在王剪波的马前，那马突然一个喷嚏，我爹就不由自主地尿裤子了。

嗯，是扯远了。说我的牛。

"胡大人胡青天，真的，那不是我的牛，我只是个牛倌。"

在糊涂村，不，在龙窖山，就算我看牛的技术最好。您别小看看牛这事，可有讲究的啦。别人看的牛，都是黄皮寡瘦，毛松嘴长，但我看的牛，一头头油抹水光，膘肥体壮。不是吹牛，不管人家的牛多么黄皮寡瘦，毛松嘴长；也不管人家的牛多么病病歪歪，犁不得田，打不得耙；也不管人家的牛多么喜欢斗架惹事，凡经过我看那么一两个月，都会变得像战马一样，油抹水光，膘肥体壮不用说，该犁田的，一天两亩水田不歇脚，一天三亩旱地不喘粗气。一头牝牛交给我，一年还人家一母一崽没问题。这看牛，不仅要知道龙窖山的草场林地，还要晓得龙窖山的水土气候；不仅要晓得一年四季的草料区别，还要晓得一天之中草料的变化；不仅要摸清每一头牛的脾性特点，还要摸清每一头牛的口味喜好；不仅要晓得治病防蛇，还要晓得骂栏配种。这里面的学问可大着呢！你知道的，两头牯牛放一起，无事也要惹出三场非，那几十头牯头在一起，还不打一场世界大战？但我看的牛群，从不打架。你知道这是为什么吗？哈哈，这可是个秘密，但我可以把这个秘密告诉你，因为你不是牛倌，又不抢我的饭碗。不过抢我的饭碗也没关系，出了这事，在龙窖山谁还会把牛交给我看？知道吗？两头牯牛在一起，就喜欢逞英雄，谁狠谁就能讨得牝牛的欢心。人畜一般啦，这牝牛也是最实在的，哪个厉害就喜欢哪个，像而今的女娃娃一个样，谁有钱就喜欢谁，这牛没法比钱多钱少，只好比力气啦。对付牯牛，我有办法，牯牛并不是每时每刻都要打架的，只是在牝牛骂栏的季节，牯牛闻到牝牛身上的气味才会争风吃醋打死架。什么是骂栏？骂栏就是发情哒。牝牛骂栏，身上就会散发出一种特别的味，这种气味我当然是闻得到的，所以，只有牝牛一发情，我就会安排对得上眼的牯牛，让它们待到单独的草场，给它们谈恋爱的机会。每头牯牛都有机会，它们自然就不会拼了老命去打架了。

　　还有一个办法，就是将牯头变成骟牛。公牛骟割后，就变得温眉顺眼，像个小媳妇一样了，不但增膘快，而且好使唤，不打架。但一个人骟一头牯牛，可不是容易的事，一般的骟匠，都是在牛犊子没成年的时候，请几个人将它用绳子套了四个蹄子后放倒，按在地上骟，这叫奶骟。奶骟的公牛，到了成年时，骨骼不够强壮，个子小，像个太监，没力气，耕田打耙没啥用，一般的庄户人家不喜欢。而骟割太迟的牯牛，几个人都套不住。我家祖传有个绝技，就算是飞奔的公马，只要从身边经过，挥手就能摘了它两粒卵子下酒，还不流一滴血，一头牯牛，就更不在话下了。到我爷爷这一代，就更绝了，连骟刀都不要，牯牛从身边走过去，只要一巴掌，将牯牛的两粒卵子拍进肚子里去，再在空袋袋上扎一根粽线，使两粒卵子不掉下来，卵子在牛肚子里闷坏了，就丧失正常的生育能力。但牯牛还是牯牛，身高力大，只是配不得种，也就不再争风吃醋，打架斗殴了。

只要牛群不打架，看牛的日子就风平浪静。

我看的牛，几十年都没出过问题，可这次出了大问题。

50头牛啊！

也怪我财迷心窍啊。其实，帮人家看牛，做个老实的牛倌，养家糊口还是没问题的。我帮人家看一头牛，春夏秋三季每个月给我30元的工钱，冬季每个月给50元的工钱，如果生了牛犊崽，每条加150块钱的补助。我看了50头牛，其中23头牝牛，8头牯牛，还有10头骟牛，9头牛犊。一年下来，工钱就有1.8万元，23头牝牛一年下牛犊只算15个，也有补助两千多，一年下来收入不少于两万。在我们龙窖山，这可是一笔不错的收入啊！可是，都怪我财迷心窍，打了自己的饭碗不说，还要赔人家的牛啊。

说起来，还是要怪我爷爷！

有人写了一部电影，在我们龙窖山开拍。拍电影的场子就选在我们糊涂村。

拍电影是好事啊！以前在我们糊涂村也拍过一部电影。拍电影就得用群众演员，我们糊涂村的老老少少都做过群众演员，从山路上走来走去，不要说一句话，一天就能得30块钱的工钱，抵我看一头牛一个月的工钱，多好的事啊！可这次不同，说是以我爷爷为原型的革命题材，因为我爷爷是一个牛倌，拍电影自然少不了牛。所以，就要我的牛当群众演员。

这可真是个发财的机会啊！拍电影的人里头一个当官的叫什么来着，叫避孕套？不对不对，叫套鞋？也不对！哦，对对对，正是这名，涨一毛，涨套眼，他们都叫他装套。管他是涨套还是装套，反正就这名儿，他的眼睛上就戴着一副眼镜。装套找我谈的价钱，说每头牛一天的出场费五元钱,我说:"前年别的人在这拍电影,每个群众演员一天 30 元呢!我的牛当群众演员,虽然没人好看,但一天 20 块钱还是要吧?"那人说:"看在是以你爷爷为原型的面子上,每牛每天给 10 块钱的补助吧!"我在心中一默神,我的爷,50 头牛一天可是 500 块钱啊!十天就是 5000,抵我看三个月的收入了。我就说,看在是拍我爷爷的面子上,行,10 块就 10 块。

就这样,每天早上天亮,我就将 50 头牛就送到剧组,每天傍晚,我又将 50 头牛接回家。

拍戏的草场那边是茶山,是专产龙窖茶的。龙窖茶,您知道啵?那可是贡茶啊!明朝的洪武皇帝喝的就是龙窖茶,每年都由岳州府向朝廷进贡 15 斤。解放后,毛主席他老人家也是喝这个茶,听说一喝就喝了 20 年。龙窖山这个山旮旯,茶叶是实在的好。以后,我送一斤给您喝喝,这可不是行贿受贿,您只管放心,我不是那种送人东西后到处乱说的人。呵呵,那是那是。如果不是这贡茶山,我的牛也没事啦。

说起来,都怪我爷爷。不,是要怪演我爷爷的那个假牛倌。本来就看牛不住,还打什么野!

也怪那作者,那是什么年代?还写我爷爷年轻的时候看牛,爱上了东家的女儿,东家的女儿就是我翁妈,我翁妈中午到山边给我爷爷送饭,我爷爷就抱着我翁妈滚到茶蔸子底下去了。那不是胡说吗?我翁妈就是一个烧炭匠的女儿,是我爷爷明媒正娶的婆娘。再说了,东家的女儿会给一个放牛娃送饭?那不吃了掉牙齿才怪!我爷爷放牛那阵,不管天晴落雨,不管烈日当头还是下雪结冰,一竹筒冷苕丝饭,一竹筒冷水,就是他的中饭。

我"爷爷"和那个妖精一样的女子一开始是在茶蔸子底下拍戏,我的牛在茶园外安静地吃草。

对对对,是有一首歌叫王二小,"牛儿还在山坡吃草,放牛的却不知哪儿去了,不是他贪玩耍丢了牛,那放牛的孩子王二小……"我小时候学唱过这首歌，现在记不全了。可我爷不是王二小，我爷那时比王二小大多了。看，都能抱着东家的女儿滚茶地了。可摄影的都走半天了，我"爷爷"和那女子还抱在茶蔸子底下不放手，滚了一身泥不说，裤子都滚脱了。我那牯牛是什么货色？都说狗鼻子灵，牛鼻子更灵呢！牛鼻子闻不得，一闻就来神，疯了一样往母牛身上爬，这不，七八头牯牛，把那些牝牛婆追得满山跑，把一山的茶蔸子都踩得稀巴烂了。这可是一山的贡茶呀！

你知道这贡茶山是谁的吗？是村主任他弟弟胡祖福家承包的！这还得了？去年，涂胜保家的羊吃了他家十棵茶蔸，就被灭了20头羊，还请了三桌酒，赔尽了不是，最后说好说歹才罢休。

当我的牛在祖福家的茶山疯追的时候，祖福带了十几个汉子，舞了大砍刀，冲上去就一顿乱砍，当场就砍翻了几头牯牛，可怜我的牛啊，浑蛋祖福啊，下手真是又准又狠啦！不是那女人吓得连裤子都没穿就奔下山来狂喊"杀牛了杀牛了"，我的牛就被那浑蛋祖福全砍啦。

我听到那女人发情一样的狂叫，赶紧跑到茶山去，看到一边喷血狂奔的牛和挥舞着砍刀的祖福。扑上去一下抱住祖福的腿，哭喊着："祖福我的爷我的活祖宗，千万不能砍牛啊，吃了你的茶蔸我赔你钱，实在不行你就砍我吧，这可是大伙的牛啊！"

祖福抹了一下脸上的血，踢了我一脚说："行，不砍牛也行，你将你的牛都拢起来，我不和你谈赔偿，你赔不起。你不是将牛租给拍电影的了吗？你将那些拍电影的找过来。如果他们不来，我就把50头牛全部杀死。"

我一听他说要杀牛，我连忙打躬作揖说："我的爷我的活祖宗，我去拢牛，我去找拍电影的，你千万不能再砍我的牛啊，那可不是我的牛。"

我把装套找过来时，祖福已把我的牛赶进了他的院子里了。"

装套说："老乡，你可得把牛还给我，我们还要拍电影呢，耽搁了我们拍戏，你可负不起责任的哦。"

祖福说："拍电影值个啥，你知道吗？毁坏了我的贡茶园，是要照价赔钱的。"

装套说："你那茶园值几个钱？这部电影可是要向国庆60周年献礼的！"

祖福说："你送你的礼，我可没义务拿我的贡茶给你送礼。我的贡茶过去可是给皇帝老子喝的，你那演员却把它喂了牛。你不赔钱可以，牛吃了我的茶，我不找你，我杀牛。"

我一听祖福喊杀牛，立马吓得浑身发抖，哭着对套眼说："套眼爹爹套眼爷爷我的活祖宗，这牛可是我租给你的，我那活爷爷活翁妈不看好牛跑到茶蔸下面去搞么子鬼！这下惹出大祸来了，牵牛只牵牛鼻子，你是当官的，这牛出了问题我只找你。"

装套说："好好好，您只管把心放肚子里，这牛我一定会替你要回来，至于死了的牛，我回头找你协商处理。你先回去吧。"

我听了装套的话，回去了。

可一连几天，我跑前跑后，装套照常拍他的电影，祖福照旧把我的牛关在院子里，不喂草料不喂水。这不是要我那牛的命吗？

我睡不好觉，吃不下饭。我不能眼睁睁看着我的牛关在祖福家的院子里等死啊！

天杀的祖福，心真毒啊，他仗着他哥是村主任，霸了村里的茶山不说，专门等着别人家的牛啊、羊啊、猪啊到他茶园去吃茶，一棵茶蔸的赔价是1000元，谁讨价还价，不仅要灭了人家的畜生，还要灭人家人，谁还敢惹他？

听说又死了一头牛。听说又死了两头牛。这可不是我的牛啊，这是我的命啊！

我再去找装套的时候，电影已拍完了，听说拍电影的要走了。我看着拍电影的人都在那笑呵呵地装车准备走人，我的心都急成了豆腐干啊。

没办法，我就去找村主任，村主任说："我又没得你半点好处，你找我，我找谁？你还是去找拍电影的吧！村主任还说，你几头牛值个啥，人家章导随便吐口唾沫星子，就抵得上1000头牛的价钱。可我不要装套的唾沫星子，我只要我的50头牛！因为，那真的不是我的牛，我只是个牛倌！古话说，放牛娃子不赔牛，可现在不是古代了，古话当然作不得数，牛是我弄丢的，我就是拼了一把老命，也要把弄丢的牛再弄回来。"

着急的还有浑蛋祖福，他几次跑到我家里骂娘："你再不找套眼谈赔偿，牛死完了我可不管。只要你舍得牛，我那几蔸破茶树过几天还会长起来。我看，你还是去告那拍电影的装套眼吧。"

院子里的死牛都快发臭了，他还没弄到一分钱的赔款，他说不着急谁相信？看来浑蛋装套比祖福还毒啊，反正死的不是他的牛，他不心痛。

我怎么舍得我的牛啊，但浑蛋装套提前跑了人，只剩几个打杂的扫尾清理战场。

眼看着汽车要开动了，我急火攻心，不管不顾地冲过去，往车轮底下一趴，说："不还我的牛，就让你们的车从我身上开过去吧！"

这时，我那狗日的爷爷走过来说，孙子，你起来吧，章导已赔了你的牛了，你来拿吧！

我一听，连忙爬起来，说，我的牛呢？

我那为浑蛋"爷爷"从箱子里拿出一张纸，说："给，这是章导赔你的牛。你不是死了四头牛吗？全在纸上了。你把这四头牛卖了，可以买100头牛。"

我可不相信他的鬼话，看我是个没用的牛倌，他们都用鬼话来蒙我。可我那为浑蛋"爷爷"说："章导是国际大腕，泼出去的墨都会变金子。"国际大碗是什么碗啊？有那么大的碗吗？还能装得下国际？就算有那么大的碗，也没有那么多墨汁装吧？净吹牛。

我翻开纸，只见上面画着两头斗架的大牯牛，一头吃草的牝牛，还有一头正吃奶的牛犊，旁边写着三个大字，犇牛图，一行小字，章一毛写于龙窖山。

这可正是我那死了的四头牛啊，我的眼泪一下子涌了出来。

这时，浑蛋祖福笑眯眯地说："除死了的四头牛，你的牛全在我那茶园里吃茶呢。"

我回头看时，我那几十头牛，一头头黄皮寡瘦，纸糊的一般，耷拉在一边，都饿得站不起来了。

祖福又说："你想让你的牛吃贡茶就吃贡茶吧，只要你到江南卫视胡琴乱弹把章导赔牛的事一说，就是给我的茶园做广告，我的茶叶皇帝老儿想喝，我还缺货呢！那时，这46头牛全是你的，另外那四头牛我也赔给你。"

我一下子蒙了头，这都是怎么回事啊？

"您看，就是这幅图。我可不要这幅图，我只要我的牛，因为，那不是我的牛。"

"为了我的牛，我不得不找您给我说一说，胡大人胡青天，您可要为草民做主啊！那真的不是我的牛。"

卖　牛

胡青天胡大人，真的，我打算将我手上的那牛卖掉。可是，我这牛卖不出去啊！

为了卖这牛，吃了不少哑巴亏，受了不少冤枉气的啊。但我还是要找您胡青天为我做主。

您知道，我是一个牛倌，但我卖的不是真牛。

我这牛，可是国际名导涨一毛大师亲笔给画的《犇牛图》，什么犇牛，不就是四头牛嘛。我说这破图啥都不值，可便有人糊弄我说我损失的50头活生生的牛还抵不到这破图的一个角。这不是屁话吗？我撕一个角给你，一滴墨也没有的一个角，你给我50头牛看看？

还真是邪了，自从江南卫视胡琴乱弹的胡大人胡青天您在电视上那么一说，嘿，给我打电话买牛的人可还真不少，至于卖多少钱，嘿嘿，一个个的钱好像都是捡来的一样，嘿嘿。

看来，这画得捂着点。

有一天，祖福神秘兮兮地对我说："自从胡大人您在江南卫视一说，就有一个神秘人物想和他合作开发茶园，说是拿100万元作为入股。"他说："我为什么要和他合作？不就100万吗？他出那一点纸，一年就得从我这里分走100万。哼，就算他脑壳想到油菜籽大，也莫想如愿！"祖福又说："不过，如果学文哥有意，这财我们大家一起发，你将这画入股，算你在茶园十分之一的股份，你那牛吃了的茶园也不用你赔，自己的牛不小心吃了自己的茶园，那还用赔吗？至于你损失了的牛，我全赔，谁叫你是英雄的后代呢？英雄的后代想吃谁的茶园就吃谁的茶园！"

"你说的是人话吗？把老子和老子的牛都扯一块去了，老子能吃人家的茶园吗？呸！"

一看祖福这浑蛋就没安好心，黄鼠狼给鸡拜年。就没做过赔本的买卖，就算左手亏了，右手也要把本扳回来。看来，这画是果真吃大价钱的。

麻爹、矮爹、竹蔸也找了我，和我商量赔牛的事。麻爹、矮爹、竹蔸都是我的老东家了，上次祖福砍死的就是他们家的牛。他们说，涨一毛大师画的是他们家的牛，被祖福砍死的牛他们不要了，他们就要涨一毛大师画的牛，画的谁家的牛就归谁，各人都得把各人家的牛牵回去。每人得一头牛，你以为这纸上画的牛能杀了卖肉还是能牵回去耕田？还每人一头，不就是撕个稀巴烂吗？那不是一分钱也得不到了？

这个主意，一定是祖福那那个浑蛋出的。他见我不上他的套，就想出这个鬼主意，怂起这几个老实人出面逼老水牛进瓮缸。哼！要牛赔牛，要钱赔钱！这个套傻子才会钻。

祖福这浑蛋也是逼人太甚，没过一天又怂起另外40多人到我家来闹。前些日子，祖福将40多头黄皮寡瘦、毛松嘴长的牛还给我后，我一一上了四十几个东家的门，又是打躬，又是作揖，承诺保证将剩下的四十几头牛喂得油抹水光，膘肥体壮，决不影响大家春耕生产。老东家们也看我可怜，答应了我的请求。可才过几天，一个个都反了水，说什么牛已饿坏了胚子，再也没得力，耕不得田，打不得耙，这样的牛是决然不能要了，必须在一周之内赔偿年轻力壮的牛。不然的话，涨一毛大师画的牛就人人有份，哪怕每人撕一个角也行。

看看，这都是什么事啊？看来，祖福那想我的牛是铁了心了。但我决不能让他得逞，哪怕我这画一分钱不卖，也不能将它落到他的手中，这画落到他手中，指不定又要翻出什么惊天大浪来。

那晚上，我主动给一个叫罗老师的买家打了电话，约了第二天中午到县城农贸市场旁的一家茶楼见面，他开价100万元，我吓得打了三声嗝，他立马将价格提到了130万元！只听说一字值千金，我打个嗝，都值10万元，三个嗝整整30万元！当时我后悔得屁眼冒烟，晓得这样，再多打几个嗝，不发大财了吗？我决定，见面谈判时再多打几个嗝。

那天，我从江南卫视胡大人您那里回来时，您见我一副老实巴交的样子，特意嘱咐我说："而今社会复杂得很，人心也难测，如果有人想买你的牛，你得多留个心眼，不能信实了人家。免得被人骗了。"我听了胡大人的话，在县城找了一个照相馆，将这画拍了照。又让我那在县一中教美术的舅侄照葫芦画瓢仿了一张。嘿，也别说，那张仿画，还真像，只是比原画还漂亮些。

一回家，我就将涨一毛大师的那牛装进竹筒里，用黄泥巴封好口，挂到火塘炕檐上了。而把我那舅侄的牛，恭恭敬敬地敬到睡房里我婆娘陪嫁的那只皮箱子里，再在上面压了几床床单，并上了锁，晚上睡觉时就放到床头边枕着。

我从江南卫视一回到家里，第二天夜里就出了事。

也怪我太显摆，上了卫视就上了卫视吧，一回到村里，我就把上卫视的事在村里见人就学说一遍，还将那牛添油加醋地吹了100回，说那涨一毛大师是如何了得，是世界级的大碗，也就是说涨一毛大师家里的一只碗能装下一个世界！他醮着碗里的水画的牛，还能不值钱？

在外吹了一天牛，真的把自己都吹得坚信这涨一毛大师的牛就是四头金牛。晚上睡觉好像就是枕着一座金山。

天亮起床的时候，我一下子吓个半死。家里的门被撬开了，每一间屋子都被翻箱倒柜，衣服鞋袜丢了一地。这不是遭了贼了吗？俗语说不怕遭贼偷，就怕遭贼惦记着，坏了，看来我是被贼惦记着了。我不由自主地打了个冷战，连忙跑到火房一看，竹筒还在，便搭梯子将炕檐上的那竹筒取下来，左看右看，封口的泥巴还好。但我还是不放心，将泥巴封口弄掉，那画还在。我悬在口里的心才落到肚子里去。我将那竹筒重新封好，再吊到炕檐上去，得意地溜下地，将婆娘赤溜溜地从床上拉起来，再将枕在枕下的箱子打开，将我舅侄仿的那画拿出来，展在床上看了又看，比看我婆娘的光身子还受用。

"哼哼，小心点好，小心驶得万年船。"

胡大人您说得好啊，得多留个心眼。去县城卖牛，我可不能带那真牛，我计划好了，牛是一定要卖的，一是怕夜长梦多，二是要急着买牛还给东家，马上要春耕生产了，可不能误了人家庄稼。但为了安全起见，我得先拿我舅侄那牛让买家看看，谈好了价钱再让他拿钱到家里来提货。

一大早，我就将舅侄的牛用报纸卷好了，再里里外外包了三层后，塞进了一个蛇皮袋子，拎着上了路。

我虽然是个牛倌，但县城我并不陌生。村里凡买牛的，都爱请我去相牛，县里的农贸市场我比对老丈人家还熟悉。一下车，我拎了蛇皮袋子直奔农贸市场去。走到市场门口，我突然笑了起来，买活牛奔农贸市场，卖这纸牛还得奔这农贸市场。

我很快就找到了罗老师所说的茶楼。当我拎着袋子往里走时，被门口的一个小伙子挡在了门口。小伙子说："这里是喝茶的。"我说："我不喝茶，我卖牛。"小伙子说："卖牛去对面的农贸市场。"我说我约了人到这里看牛。小伙子说："这里是喝茶的地方，怎么能看牛？你看这里能容得下牛吗？"我一下子说不清了。这时，一个戴着眼镜，穿得有点像涨一毛大师像似的人走过来，对那小伙子说："你这服务员是什么态度呢？这是我的客人。"他随即拉着我的手，抖了几抖，笑眯眯地将我让到一个小房间，并要服务员泡了两杯茶。

刚喝了一口茶，罗老师就迫不及待地要看牛。我先是将照片掏出来，让他过目，他用手将照片挡一边，说，我要看画。我连忙将蛇皮袋子放到桌上，从里面小心翼翼地将卷了几卷的画拿出来，他一把将画拿过去，轻轻地将画外的报纸一层一层地打开，最后将那画展到茶几上，用放大镜看了一遍，把涨一毛大师夸到天上去了，说他的画是越来越好了。我说："这牛是我舅侄……"我话还没说完，他就打断我的话并坚持说这画就值这个价，他接着做了个手势说："130万元一分不少你的，你也不要狮子大开口，这画就值这个价。"我的个娘，这可是我舅侄仿着画的，也值这个价！他说完，就要将那画拿走了，并说钱在这卡里面，密码在信封上写着，等一会儿还要陪我去银行确认一下。我连忙将银行卡推给他说，你别忙着给卡，这画我今天得拿回去，你明天带了现金到我家里提货。他一下子急了，一双手按住那牛，说什么也不让我拿走。我可是一个老实巴交的牛倌，我怎么能把这一群假牛卖给他呢？这不是明摆着坑人吗？

他见我不肯将牛给他，生气地说："你这人怎么这么不讲诚信呢？我们已谈好了一百三十万元的，怎么能说变就变？得，我再给你加一万元的茶水费！"

我的个娘呃，这是个什么事嘛！这不是要我昧良心吗？我一急，说："这牛可是假的。我怎么能卖假牛给你呢？"他一听，笑嘎嘎地说："看看看，你这人！是傻吧？真牛能值这么多钱吗？我要的就是你这假牛嘛，我又不耕田，又不卖肉，我要你那真牛干吗？"

看那傻逼样，还说我傻！我气吼吼地说，老子这牛不卖了，行吗？我说完，收起那画，往蛇皮袋子里一塞，转身就出了茶楼。他见我真走，追出来喊："我再加一万元！两万元！"这时，茶楼的服务员将他拦住，说："先生，您还没结账呢！"

我一路上想起这傻子，肚子笑痛。

第二天，罗老师一大早就开了一辆什么马的车到了糊涂村，可车还刚进村口，就掉坑里去了。我一听浑蛋祖福要我们去推车，我就知道是祖福那浑蛋捣的鬼。

那天我从县城一回来，祖福就到我家打听情况，我把那傻子罗老师的笑话藏一半学一半地说给他听了，他也哈哈大笑地骂道："还真是傻子一个。"

祖福一定是从我的话里听出了什么，连夜到村口将公路挖了个坑，并守在村口等兔子。果真，那傻逼子老师一来就中招了。

当我们赶过去，推的推，扛的扛，将那车从坑里弄来后。我连忙请罗老师到家里看真画，可罗老师望着我笑了笑，和浑蛋祖福握了握手，钻进乌龟壳，放了几个响屁，一溜烟跑了。

我连忙打电话给罗老师，罗老师接了我的电话，生气地说："看你是个老实人，也敢拿假牛来蒙我，这牛我才不要了呢。"我一听就急了，说："这确实是假牛，我昨天不是给你说了吗？今天你拿现钱来买我的真牛，我给你真牛。"他笑着说："什么真牛假牛，我不要了还不行吗？"呵呵，这浑蛋真是不识好人心，早知道他是这么个不识货的货，老子昨天就该把那假牛卖给那傻子。不买就不买，皇帝的女儿就算豁了嘴巴塌了鼻子，也有人抢着要娶呢！

晚上，浑蛋祖福跑到我家阴阳怪气地说："学文哥，你那牛是怎么搞的？昨晚不还在吹人家 130 万元买你的假牛吗？怎么今天那傻子没进村就跑了呢？"我没好气地说："他不要老子还不卖呢！"浑蛋祖福说："看来你这牛是卖不出去了喽。"呵呵，好笑，我这牛还卖不出去？涨一毛大师的牛还卖不出去？那不是说皇帝的女儿没人要了吗？

我说："你也别阴阳怪气，我再联系别的买家。"

祖福说："我看你一时三刻也出不了手，可节气不等人，到时人家要春耕生产了你还没有牛赔人家，怕你收不了场。不如我再救你一次，你将那假牛卖给我，赶快去买几头壮实一点的牛赔给人家，那饿坏了的牛，你也适当地给人家一点补偿，把这事了个难。至于我家的茶园，我已许了诺，不要你赔了，你看行不行？等过了这一关，你再慢慢去卖你的真牛。"

我一想，这也是一个好办法，大不了等卖了真牛，再翻倍将这假牛赎回来。但我还是不信祖福这浑蛋会发善心帮我，他一定是有所图的。于是，我问他，"你为什么要求我？"

祖福笑着说："嘿嘿，我帮你也是有条件的，你五万元将那假牛卖给我，救你的急，等你把真牛卖了可要算我一倍的利钱，还我十万元。如果你那真牛 100 万元卖不掉，你得答应 80 万元卖给我，或者算 100 万元入股我的茶园。"

祖福果然是算来算去还是想算计我那真牛。行，不就是一张假牛吗？先换五万元救个急，再慢慢计划着卖那真牛，说不定还真能捂出个天价来呢！于是我一口答应了他。

祖福当场就喊了几个证人，将五万元现金往我桌上一挥，拿了我那假牛笑眯眯地走了。

第二天我就赶到县城的农贸市场买了四头壮实的牛回来，赔给了几个东家，又赔给另外四十几头牛每牛五百元营养费，一年的工钱也不要了。说好说歹总算了了难，最后一算，剩下两万多元,刚刚抵一年的看牛工钱。

唉,一年辛苦,也算圆满,只怕是以后再也没人请我看牛了,这牛倌也算当到头了。得一幅画,慢慢卖吧,说不定下半辈子也不要这么辛苦的风里来雨里走了呢。

说实话,如果不是胡大人您在电视上给我一说,我真的不敢想象我现在过的是什么日子,50头牛啊!虽然现在自己不像别人所说的发了大财,但最少不会为了赔牛而四处奔走。所以,我一下子迷上了江南卫视,迷上了胡琴乱弹,成了胡琴胡大人胡青天您的铁杆粉丝,呵呵,这粉丝是我那婆娘说的,也不知我那婆娘从哪里学来的新词。每天晚上我饭碗一丢,就铁定坐在电视机前,盯着江南卫视,等那胡大人您出来。有时,我也巴不得钻到电视里头去,拉着胡大人您的手,唠几句嗑。

有一天晚上,我突然从电视里看到罗老师,正在纳闷,罗老师怎么也上了胡琴乱弹这栏目呢,只见胡大人您说,大家是不是还记着前段时间萧嗲嗲赔牛的那件事呀?这次萧嗲嗲的牛终于有了买家,萧嗲嗲不仅还清了债务,还小挣了一笔呀。我们这位罗老师出价135万元,将萧嗲嗲手中的《犇牛图》买下了,这《犇牛图》可是国际名导涨一毛大师的手笔,真可谓是泼墨如金啦。据说,这涨一毛大师拍的电影是屡屡获奖,他的画更是天天见涨,不知现在这幅墨宝能值多少钱。"请问罗老师,您打算将这幅画如何处置呢?"只见那罗老师一脸兴奋地说:"据估计,这幅画现在的价格,在国际上拍卖,至少在1000万元。我打算将这幅画拍卖以后,拿出一部分扶持龙窖山贡茶的生产,帮助革命老区的人民快速走上致富之路。"

这浑蛋祖福,这浑蛋罗老师,糊弄了我不打紧,竟然连胡大人胡青天您都敢糊弄,不行,我一定得阻止这种不要脸的行为。我算是想清楚了,浑蛋祖福将我那假牛骗过去后,当作真牛卖给了罗老师,罗老师算计着用电视一炒,再高价卖去。他才不管是真是假呢，只要能挣到钱，这些人，真是什么事都做得出来啊！

看完电视，我就拿起电话拨打胡大人您的电话，可电话总是占线，这一夜啊，可把我急得头发全白了，口里起了一口的燎泡。

我知道，这事找浑蛋祖福是没用的，找不要脸的罗老师也没用，必须找胡大人胡青天您。第二天一大早，我便起床动身往省城赶，一定要在那画卖出之前揭穿他们的阴谋！

我带着我的真牛找到了胡大人胡青天，您一听非常生气，但您说："可哪幅画才是真的，哪幅画才是假的呢？这得由涨一毛大师自己说了算，可要找到涨一毛大师可不容易，他在京城里住着呢！再说了，你就算找到京城里去，他如果又在外地拍电影去了呢？就算他没到外地去拍电影，他如果不见你呢？"我一听胡大人您的话，心一下凉了，但一想到浑蛋祖福和不要脸的罗老师拿了那假牛在外招摇撞骗，我一下子又来了气！不行，就是把脚上的布鞋走穿，我也要找到涨一毛大师，让他给世人一个公道。

我回家将家里的事向婆娘做了交代，带着剩下的两万多块钱上了路。追着涨一毛大师的脚步，将大半个中国跑了一遍，当我最后找到涨一毛大师，要求他证实这幅画才是他的真迹时，他却说："怎么又有一幅我涨一毛的《犇牛图》？这幅是我画的吗？我画得这么差吗？我已确认了一幅，并签了字的啦，我总不能说这两幅画都是我的吧？"

"可这牛才是您的真迹啦！你怎么能证明那假牛是真牛？我生气地说。"

涨一毛大师哈哈一笑说："我说哪幅是真的哪幅就是真的，我说哪幅是假的哪幅就是假的，萧嗲嗲，您这牛可是一文不值了哟，您就回家吧您啦！"

胡大人胡青天啦，您说，这世上还有个黑与白没有？您说吧，我是不是该回家，一把火将这破画烧了，再……

我听您的，您给我指条路吧！

桂花开又落

一

"吱呀——"

声音很轻,却传得很远。

桂香从迷迷糊糊中惊醒,条件反射地从床上坐起来,开灯。

门并没有开,她轻轻叹了口气,光着上身,穿条裤衩,起床,"吧嗒"一声,将房门狠狠地拴上。

桂香将被子拉到身上,熄了灯,可再也睡不着。

星光从窗口漏进来,掉在床沿上,冷冷的,像一个寂寞的精灵。桂香翻了个身,将头在枕头上调试了几次位置,可还是睡不着。

她再起床,摸黑将门闩悄悄拉开,不放心,又将门留了一条缝。

一股凉凉的风从门缝中挤进来,撞在桂香光滑而细腻的身上,桂香不禁打了个寒战,她赶紧钻进了被窝。

不一会儿,屋子里便飘浮着一股淡淡的桂花的清香。

桂花开了吗?桂花一定是开了吧?

这是糊涂村的秋夜。

糊涂村的秋夜总有一些事儿要悄悄发生,譬如这桂花一夜之间就会开得满山满岭；譬如一些远乡的追花人，像掐好了时辰一样，会在半夜里将蜂箱把山边的河洲摆得满满当当。当然，秋夜里还有一些不为人知的事要发生，譬如桂香在这样的夜里总是失眠。

其实，桂香的日子在糊涂村算得上是最舒坦的，老公松柏在深圳打工，一年要寄一万多块钱回来，楼房盖了，彩电冰箱一应俱全，她还是村里最早买手机的。儿子已在乡小上学了，要不是公婆都不在了，儿子没个地方寄养，她早跟着老公到深圳去了。

深圳那个地方确实好，楼高得像山，山沟里流的不是水，是人和车，不像龙窖山，一天到晚碰不到几个人。桂香就是在深圳打工时认得的松柏，松柏是个实诚人，长得又蛮实，有的是力气，还有一个好脸像，见人三分笑，桂香那时才18岁，对松柏是一见钟情，鬼使神差就跟他跑到这个山沟沟里来了。

其实，桂香的娘家也是一个山沟沟，山山岭岭上也全长满了桂花树。所以，桂香一到糊涂村，也就像到了娘家。

没承想，桂香嫁给松柏不到半年，公婆就相继过世了，后来有了孩子，一双脚就被拖住了，因为，她不像别人家，孩子有公婆带着，自己可以继续跟着老公到外面闯世界。

自从有了孩子，桂香的世界就小了许多，上下不过20里，再要走远，就要做好大的计划了。老公松柏一年只能在过年的时候回家一次，还未过元宵就要走了，常常是窝还未焐热，又要留下她一个人钻冷被窝，夜夜数着窗格子才能入睡。特别是儿子到乡里读了寄宿学校，一个人在家冷冷静静，有时连饭她也懒得做了吃。

屋子里桂花的香气越来越浓了，还渗有一股甜甜的味道，桂香鼻子有一点痒，禁不住打了一个喷嚏。

桂香心里隐隐地盼望秋天，秋天来了，又盼着桂花快快开。

她把窗子打开，就是想第一个感受秋天的气息，敞开房门睡觉，就是想最早一个得到桂花开了的消息。在这个季节，桂花的心常常会莫名其妙地跳，她常常因了这一些奇奇怪怪的念头而自责。有时，睡在床上，突然想到一件事，她会将自己的大腿拧得红一块紫一块。可是，过后还是想。

"哼！想一下又怎么啦？做了又怎么啦？谁叫那没良心的把我一个人丢在这山旮旯独守活寡，说不定老娘在床上煎咸鱼，数窗格的时候，没良心的正搂着相好的抽筋呢。"每每想到这些事，桂香总是这样安慰自己。桂香知道，在深圳那地方，单身男女多的是，常年在外，哪个憋得住？有合适的，就临时组合一下，说不定，那没良心的，早组合几次了。

在糊涂村，和桂香一样情况的，就是菊姐子。菊姐子比桂香大两岁，老公石生和松柏一块儿在深圳打工，不同的是多了一个婆婆管着。菊姐子是桂香的同乡，如果那年桂香不是跟着她去看石生，桂香也就不会认识松柏，更不会嫁给松柏了。现在，姐妹俩一个村头一个村尾，闲下来就聚在一起，有时还睡在一起，东家长西家短，夸夸儿子，骂骂老公。菊姐子最羡慕桂香的是她没有婆婆管着，想怎样就怎样。

想怎样就怎样的还是菊姐子，婆婆管着又怎样呢？要做什么，她才不会看婆婆的脸色呢！桂香不是不想怎样，是不敢怎样，还没做心里就先虚了三分，怯了七分。

今夜桂花一定是开了，不然怎么会有这么多心事浮上心头？桂香睡不着，张着耳朵听着秋夜的一切响动，包括风吹过树叶，花朵儿一下一下地绽开，虫子在草丛中爬行，野兽在山林里交配，最重要的细节，是菊姐子家的门吱呀一声响了，甚至那死女子不知收敛的哼哼唧唧的声音，以及她婆婆莲嫂驰用巴掌拍打墙壁的"扑扑"声，絮絮叨叨的压低了的咒骂声。

今夜桂花可能还没开吧？一切是不是全是虚幻呢？不然……

天亮了，桂香反而一下子睡死了。

二

一大早，菊姐子的婆婆莲娭毑就拖了一把椅子坐到大门口，一手拿了菜刀，一手拿了砧板，一边斫一边大声地叫骂野贼，而菊姐子却在她的咒骂声中端了一缸蜂蜜，喜滋滋地从后门出来了。她走到桂香门前，将大门一推，是虚掩的，她心里一顿，抿嘴一笑，快步跨进门去，推睡房的门，还是虚掩着，她连忙将门带拢，站在堂屋里，大声"咳"了一下，见没动静，笑骂道："死女子，怎么门都不关哦？疯傻了吧？"

桂香听到菊姐子的叫声，翻了一个身，继续眯着眼睛不作声。

菊姐子说："桂花开了呢！"

桂香一听，用手拉过被子，转过身来，问："来了吗？"

菊姐子脸上飘过一片红云，说："来了，半夜到的，蜂箱摆了一河滩呢。"

桂香转过脸，有一汪泪好像从眼角滚过。

"有没有来过电话？"菊姐子问。

桂香摇了摇头。

"没良心的！要他出门招马蜂，天黑遇鬼精！夜夜母叉叉，见花就谢谢！"菊姐子一连串的咒骂，让桂香有些忍俊不禁。母叉叉是指母夜叉，见花谢是指早泄，在糊涂村，这都是女人骂男人最阴毒的话。

见桂香"扑哧"一笑，菊姐子也笑了，她附着桂香的耳朵说："今天中午到我那里吃中饭去。我请牛哥吃饭，你帮我作陪。"

桂香说："不去！"

菊姐子笑道："死女子！不去莫后悔！"

太阳爬上东山顶顶的时候，桂香才起床。她用烤热了的筷子将额前的刘海卷了几个弯曲曲，又将眉毛画成一条线，上身穿了水红的中长款毛衣，下边则穿一条黑色紧身健美裤，踩着朝阳出了门。这一身打扮，不要说在糊涂村，就算是在县城，也绝对是时尚的。

她首先到菊姐子屋里走了一圈，菊姐子的婆婆莲娭毑正在锅台上煮猪食。见桂香这一身打扮，鼻子"哼"了一声，随手将手中的锅铲往门口的一只母鸡身上一砸，大声骂道："你这只鸡婆，寻鸡公也寻错了位置嗒，还不死出去，小心老娘一铲子剐了你！鸡婆子身上扎彩条，怕还变得成金凤凰？呸！"桂香无缘无故受了冤枉气，又说不出口，只好转身从堂屋里退出来。她在晒场上待了一会儿，就径直去了河边。她站在河堤上，远远地见菊姐子正蹲在一排蜂箱前与一中年男子说笑。她认得，那就是牛哥，菊姐子的相好，每年这个时候都要带着一帮子养蜂人到龙窖山来赶桂花。她心里有些酸，没喊菊姐子，一个人在堤上走来走去，像在Ｔ台上走秀。菊姐子远远地也看见了她，忙向她招手："桂呃——快过来玩嗒！"

桂香心里想，你这骚婆娘，吃了腥却让我挨了一顿好骂，可口中又说不出，只好大声回应道："不去，怕蜂子咬人。"

"你皮肉嫩，舍不得让蜂子咬，想把给谁咬哦？"牛哥大声说。

"呸！不要脸，咬菊姐子的厚脸皮，小心崩了大门牙！"桂香骂了一声，转身走下河堤。河滩上几个男人忙站起来向这边张望，直至桂香在小路边消失。

桂香心里有着一股莫名其妙的醋意涌上心头。她一路都在骂人，骂刚才那个人，骂菊姐子、骂菊姐子的婆婆、骂去年的那个负心贼、骂自己的老公，要他们一个个出门招马蜂，天黑遇鬼精！夜夜母叉叉，见花就谢谢！可骂得最多的还是自己。她骂自己下贱，不该去想那个挨千刀的。骂着骂着，她就哭了起来，她坐在河上游的河洲上，捡起一块块光溜溜的卵石，不停地往水里砸。

三

她也是在去年的这个时节认识那个挨千刀的养蜂人的。

那天,阳光真是好啊!一大早,方阳婆婆从东山顶顶一爬上来,就把糊涂村烤暖了,门前的桂花树上,满树的露珠儿,在阳光里闪烁着七彩的光芒,像是千万个小精灵在跳舞。桂香从堂屋里拖了一把椅子放到大门口的台阶上,撅着个圆滚滚的屁股,就着暖暖的秋阳,正洗着头发。她听到一阵细碎的脚步走过来,知是菊姐子来串门,头也没回就说:"快点嗒,没看我在洗头发?还不过来帮一下,帮我把壶里的水倒出来,加点凉水后,把我头上的泡泡淋掉嗒!"

没有人回应,但不到一分钟,就有一股温温的水从头上淋下来,接着,一条毛巾包到头上,擦、揉、捏,是那样轻柔、舒坦,桂香闭着眼,喃喃道:"真舒服啊,好久没人帮我洗头了。"

桂香从头上拉下毛巾,面前立着的却是一个陌生的汉子。桂香吓得往后退了一步,若不是那汉子手快拉住她的胳膊,她就一屁股坐到水盆里去了。

桂香脸上涨得通红,小声说:"你……你是谁啊?怎么……"

那汉子轻轻一笑道:"姐子,不好意思啦,那边,养蜂的,我姓郑,昨晚刚来,向您借一样东西——锤子。"

桂香一听,气恨恨地给了那汉子一个耳光,怒问道:"你这人,怎么骂人?"

那汉子一愣,不解地说:"怎……怎么呀,我哪骂人了呀?不就向您借个锤子嘛,河洲上搭个帐蓬,桩打不下去呢。"

原来,在桂香的娘家,对女人说锤子就是骂人的话,锤子是指男人的那个东东。听那汉子这样一说,桂香倒有些不好意思起来。她望着那汉子,"扑哧"一笑道:"你,你咋不早一点说清楚嘛!"

那汉子抿嘴一笑，脸上竟露出两个酒窝。

桂香将椅子往禾场里挪了挪，说："你坐一下，先喝口茶，我慢慢帮你去找。"

汉子说："不喝茶，站一下就行。"

桂香望他一眼，转身进了屋，从堂屋里找来一把大铁锤，递给那汉子，说："坐一下？"

汉子接过铁锤，说："不了，谢谢你，用完了就还给你。"

汉子还锤子时，带了一瓶蜂蜜给桂香。桂香说："有什么需要的，你尽管来拿。"

后来，汉子没什么需要也尽管来，桂香呢，也是一天几次往河洲上跑，看汉子捕偷蜜的马蜂，看汉子摇蜜、采花粉、取王浆、分箱……

养蜂追花，追的是季节，桂花在龙窖山的花期大约就是半个月的时间，在这半个月的时间里，桂香仿佛又回到了自己的花季。灿烂的心情，如秋日的阳光般明媚，那荡漾在脸上的笑，就像溢满了蜜。可毕竟花期是有结束的时候，转眼养蜂人就要转场子了。这夜，桂香备了几个菜，从坛里舀了一壶酒，俩人竟喝得泪眼婆娑。不知怎么的，喝着喝着，俩人就干柴烈火般烧在一块去了。天亮时，汉子说："明年桂花开了的时候，我会再来的。"

桂香说："我等着你！"

汉子走了，留下一个空旷的河洲，夜夜响在桂香的梦里。

从春天的第一枝梅花开放，桂香就数着花事过日子。正月梅花香又香，二月兰花盆里装；三月桃花红十里，四月蔷薇靠短墙；五月石榴红似火，六月荷花满池塘；七月栀花头上戴，八月丹桂满枝香……昨夜，龙窖山漫山遍野的桂花全都开了，追花人是来了，可桂香等着的那人却没有来，桂香为之留了近半个月门缝的那个人没有来。桂香心中的失落和怨恨，此刻全随着涩涩的泪水涌了出来。

桂香一边往水里砸着卵石，一边恨恨地想："我这是怎么啦？不就是一个养蜂子的人吗？今天养蜂子的人还来了一大帮哩！谁稀罕那负心贼哦？说不定，今年的养蜂人比去年的更那个呢！"桂香这样安慰着自己，鼓励着自己，心情就好了许多。

四

中午，桂香没有去菊姐子家，她才不会去受那老婆子的气呢，自己家里的人管不住，反而指桑骂槐地骂别人。自从桂香嫁到糊涂村，就听过有关莲娭毑的不少闲话，莲娭毑年轻的时候长得很漂亮，可就是命不乖，儿子石生还不到五岁，男人就死了，等她一个人拉扯着石生长大成人，自己却老了。不过，莲娭毑往些年并不寂寞，村里年纪相仿的男人，都与她有一点瓜葛。听说菊姐子嫁过来后，还碰到过老支书到莲娭毑屋里坐夜人家（糊涂村人将男女偷情叫坐夜人家）。所以，菊姐子一个人在家，即便做了什么事，她也不怕婆婆骂。以往，桂香听菊姐子说一些莲娭毑的艳事，总有些瞧不起她，几十岁的人了，还闹出一些绯闻！但现在想来，心里倒有些羡慕她的勇敢！只是，自己老了，反而忌恨年轻人，真是变态！桂香一想到莲娭毑的臭骂，心里又有些不平，甚至对她还有些厌恶。

菊姐子久等桂香不到，就站在大门口大声地喊桂香。桂香装着没有听见，一个人炒了一碗蛋炒饭，坐在火塘边吃得无滋无味。菊姐子不知桂香上午受的气，气哼哼地端了一碗汤送过来，正准备骂她一顿的，见桂香正吃着饭，口就软了，她说："你这死女子，就舍不得走一脚路？还要姐送过来！"

桂香望了菊姐子一眼，没有作声，只顾自己埋头往口里扒饭。

她把汤碗往桌子上一放，就着桂香的耳朵说："帮你介绍一个，他的徒弟，才结婚就相跟着出门赶花，蛮俊哩。"

桂香白了菊姐子一眼："介绍个鬼，又不是配种猪！"

菊姐子一愣，随即大笑起来："哎哟……哈哈哈哈……你……你这死女子，笑死我了，亏你想得出！姐还不是为你好？别伤心悲意好不好？去年你那个好不好？今年喊不来就不来了，电话都没一个！哼！无非是解解闷，莫搞得像初恋一样！你那死松柏说不定正搂着相好的睡午觉呢！"

桂香着饭碗往桌上一放说："要搞你自己搞去，我没有这么随便！"

菊姐子连忙说："好好好，我的个活娘老子，好心当着驴肝肺，你就憋吧，看你能憋多久！"

桂香终于还是没有憋住。

也许是山里的夜太静了吧，桂香躺在床上，满耳却全是野地里的杂响。那嘈嘈切切的声音，总是让她心烦意乱，躺卧不安。但半夜里的另一种声音却让她心静如水，那是一缕从远处飘来的笛音。那声音，若隐若现，丝丝缕缕全是情意绵绵，有思念，有甜蜜，那是桂香从来没有听到过的曲子。但这曲子却一下子渗进了她的心田，让她宛若进入一片宁静的世界，使她心中的烦扰顿然全消，她突然觉得，人嘛，不就像这蜂子一样？活着就是采花夺蜜，就是要让自己的生活过得甜蜜一些。不同的人，有不同的生活，同一个人，在不同的环境中，也有不同的生活。就像这蜂子，有时采的是油菜花蜜，有时采的是槐花蜜，有时采的是桂花蜜，有时也还要采到狼毒花、闹羊花的蜜呢。松柏在外打工，不是想让自己的生活过得甜蜜一些？松柏若是在外找了女人，你能怪得了他？人总是有些七情六欲的吧？在那样的环境中，一年才能回家一次，蜂子在缺花源的季节，就算是碰到狼毒花、闹羊花，也要拼了命去采一回哩。这些追花的养蜂人，长年在外飘着，不也像这些蜂子？想想女人，甚至也干些拈花惹草的事，那也见怪不怪了。还有菊姐子、我自己，不都像这些蜂子？忙忙碌碌，哺儿带崽……她这样反反复复想着，在悠扬的笛声里，竟酣然入梦了。

　　第二天起来，龙窖山全在阳光里泡着，糊涂村也更是浮在桂花蜜的清香里，让人有一种梦游的感觉。桂香走出屋外，看着这灿烂的山野，心里似乎格外地踏实起来，她决定要去看看那群养蜂人，看看那飞舞着采花夺蜜的蜂子。

　　她站在菊姐子家的晒场上大声地喊着菊姐子，菊姐子的婆婆莲娭毑也听到桂香的声音，拖了一根竹竿子将屋里的鸡打得满屋飞，她一边赶鸡一边骂："没见过花鸡婆打鸣的，叫死呀还是号丧！"

　　桂香听了也不再生气，而是笑吟吟地说："莲伯娘，又在骂鸡呀？平时把鸡宠得像个宝一样，莫把它骂生分了，小心它把蛋生到别人家的窝里去了哦！"

　　"哼！我骂的是野鸡！"莲娭毑也狠狠地说。

　　"呵呵，野鸡呀？我怎么没看到哦，野鸡可比家鸡漂亮多了呢！"桂香故意用话逗她。

　　"再漂亮也变不了凤凰！鸡还是鸡！"

　　菊姐子听到外面桂香与婆婆斗嘴，连忙从里屋走出来，拉了桂香的手，说："和她说么事，快走快走，我们去河洲看蜂子去。"

　　"小心让蜂子蜇了××，痒死去！"莲娭毑恨声骂道。

　　桂香与菊姐子相视一笑，菊姐子小声回道："就是痒就是痒，让你心里痒死去！"

　　桂香和菊姐子相跟着到了河洲，菊姐子那相好、叫牛哥的一见，赶紧从将自己的面罩取下来递给菊姐子，笑嘻嘻地说："莫让这蜂子走了桃花运，亲了你这好皮肉。"菊姐子也不推辞，赶紧将那东西往头上一戴，也笑着说："哼！就要让它痛我一回。"

　　说着，就向相好抛了一个眼色。

　　牛哥机灵得很，忙对在一边忙着的徒弟吼道："杰伢子，你傻呀？来了贵客也不过来招呼一下？"

杰伢子见师父吼，扭捏了一下，走过来，也将头上的面罩子取下来，递给桂香。桂香拿眼瞟了他一下，他的脸就唰的一下红了。

杰伢子确实长得俊，白白净净的，像个书生。

牛哥介绍说："我徒弟，杰伢子，省农大毕业的哩。本来可以留在省城的，却要跟着我学养蜂，刚结婚不到半年就跟我出门追花了。会弹琴，会吹笛子杀克屎，多才多艺呢。"

菊姐子望了杰伢子一眼，又瞟了桂香一眼，调笑道："杰伢子，屎也能吹？"

桂香道："你，土不土呀？还屎呢，尿还差不多，是萨克斯，西洋乐器。"

菊姐子抢白道："就你能！一点都不幽默。"她转向杰伢子道："杰伢子，才结婚就出远门，想不想媳妇子啰？"

杰伢子低头一笑，没有作声，但脸更红了。

桂香眼角瞟到杰伢子的模样，心突然"扑扑"地跳起来，脸也不由自主地红了。

这俩人的一丁点表情，全落在牛哥的眼中，他对着杰伢子吼道："来了贵客，先要泡杯蜜糖茶待客嗒。"

杰伢子听了，忙去泡茶。

牛哥说："中午就在这里吃吧，我要杰伢子去镇上买点菜。"

桂香不好意思地说："菊姐子在这里吃吧，我就不了。"

牛哥说："客气么子，中午还有一样好菜，你们都没吃过的，好吃得紧，包你们吃了还想吃。"

菊姐子调笑道："莫不是油炸你这只老鬼？哼，我一个人吃。"

牛哥也咧嘴一笑："油炸老鬼晚上才有的吃。"

见他们越说越离谱，桂香脸一热，走一边去了。

见桂香走开，牛哥更放肆起来，他从蜂箱边拿起一块蜂巢就往菊姐子的胸口塞，菊姐子往后一仰，倒在河洲上，笑得浑身乱颤。她一边笑一边骂："要死呀，你没看见桂香在这里吗？还不快叫杰伢子去买菜来,我和桂香帮你们做饭去。"

牛哥还没吼,杰伢子就骑了单车往镇上去了。

桂香看到他拐过山咀的背影,心里又一次"突突"地跳起来。

中午吃的是油炸蜂蛹,平时,这蜂蛹可是养蜂人的宝贝,在取蜜的时候生怕伤了它,可在这个季节,有些蜂蛹已变不成蜂子,养蜂人在取蜜时,就将那些成不了蜂子的蛹取出来炸了吃。桂香看着碗里那炸得金黄的蜂蛹,半天不敢动筷子,看到牛哥将那东西嚼得沙沙响,满嘴流油,桂香几次都想吐。菊姐子小心翼翼地吃了一只,随即连叫好吃,并不由分说,用勺子舀了一勺就往桂香的碗里倒,桂香手一缩,碗都差一点掉到地上。杰伢子见桂香的模样,忍不住"扑哧"一笑,差一点喷了一桌子饭。

菊姐子又往自己碗里舀了一勺,说:"吃,真的好吃!"桂香在她的一再怂恿下,鼓足勇气吃了一只,确实好吃,又香又脆,就腼腆地笑了。

牛哥不知是对杰伢子还是对桂香说:"呵呵,任何事都有个第一次呢,就像这吃蜂蛹,第一次我也不敢吃呢!"

菊姐子笑道:"哼!还有你不敢的?"

这一顿饭吃得好不热闹。

五

晚上,几个养蜂人约了到桂香家的晒场上喝酒讲古,扯到兴起处,硬是将杰伢子和桂香推到晒场中央,让他们对唱情歌,杰伢子见桂香有些扭捏,就主动要求吹笛子,可大伙就是不让,最后,情歌对唱是免了,但改由桂香唱歌,杰伢子笛子伴奏。一曲《八月桂花香》配合得天衣无缝,桂香唱得是心跳耳热,杰伢子是吹得宛转悠扬。一曲既起,便是一曲接一曲,一曲比一曲大胆,一曲比一曲缠绵。后来,菊姐子与牛哥也参与进来,唱着唱着就有些邪道了，有些小调桂香不会唱，杰伢子也不会吹，就由着菊姐子他们俩清唱，直至夜露渐浓，月上中天，才各自散去。

糊涂村的秋夜里，到底又发生了什么事，那只有星星和月亮知道了。

一连几夜，糊涂村就好像得了魔怔，被几个养蜂人撩拨得心浮气躁，平时几个老实本分的本地媳妇，也忍不住融了进来。

但疯过乐过，最落寞的还是桂香，因为，她心里已经有了期望。

这夜，桂香确有一些意犹未尽的感觉。晒场上人影散尽，她将桌椅果盘收拾了，进到屋里，一股清冷袭上心头，整个身子就犹如浸到了水里。

躺在床上，她眼前一次次浮出杰伢子腼腆的样子，耳边那悠扬的笛声，拂也拂不去。今夜散场的时候，她竟鬼使神差般在杰伢子的手上捏了一下，好像还暗暗抛了一个眼神，只是月光朦胧，不知他看到没有。现在想起来，脸竟有些红了，她甚至在心里狠狠地骂起自己来："人怎么会这么不知羞啊！要是他没有看到，或都没有体会自己的意思，那还罢了，如果他看到了，也懂了，他会怎样看自己呢？"桂香很后悔自己的举动，但她内心里还是希望他知道，最好是和自己有着一样的心事。她这样反反复复地想着，意识就有些模糊了。

桂香做了一个梦，杰伢子腼腆地笑着，坐在她的床边，他慢慢俯下身子，将她半裸的身子一把搂在怀里，尽情地揉搓，她感觉到了无比的舒坦。她呻吟着，伸开双臂，紧紧抱住他的身子，他乘机吻住了她的唇，正是他那一吻，扎得桂香一个激灵，她的意识一下子清醒过来，双手一推，双脚一缩一蹬，咚的一声，一个人从床边倒在了房中间的地板上。桂香伸手将灯拉燃，只见牛哥正一丝不挂地躺在地上，桂香正要大叫，牛哥从地上一跃而起，扑向床上瑟瑟一团的桂香，他一边压着桂香，嘴里不停地说:"妹子,哥想死你了,哥……"

桂香一边抵抗,一边说:"你……菊姐子……"

牛哥说:"她?哥只是和她玩玩,哥喜欢的是你,妹子,你就从了哥……"

桂香拼尽全身的力气也推不开牛哥强悍的身子,她只好闭了眼,在心里大喊着松柏,可喊出口的却是一声撕心裂肺的"杰——"。

一声嘶叫还没有收尾,只听嘭的一声闷响,桂香感到身子一轻,她睁开眼,只见杰伢子手中握着一根扁担,惊恐万分地瞪眼望着赤身裸体地趴在桂香身上牛哥,桂香见他那神情,用力将牛哥从身上推下,牛哥竟一动不动地歪到床边,后脑勺上正涌出一摊红白交汇的黏液。

桂香尖叫一声,赤裸裸地从床上蹦下来,一下抱住杰伢子,俩人的身子都抖得像秋风中的桂树叶。

天亮的时候,一辆警车开进了糊涂村,是杰伢子用手机报的警。

钻进警车的时候,杰伢子回过头,对着呆立在桂花树下的桂香喊了一声:"你要好好珍爱自己!"

桂香什么也没听到。可桂香从他的嘴型上,又分明看到几个字:"明年秋天我还会来!"

明年秋天,他还会来吗?

一阵秋风拂过,嫩黄的桂花朵儿簌簌地落下来,落了桂香一头一身,地上也铺了一大片……

最后一个箍山人

当狐生听到几声凄厉的长嗥，心中一阵暗喜，他在心里骂了一句，这箍山法真灵，这下要发财了。

当他寻着断断续续的叫声一路摸过去时，却远远地看到木老脚被高高地倒悬在楠竹梢头，头足足有南瓜那么大，脸也已乌溜溜地黑了。楠竹底下，几只角麂子绝望地仰望着竹梢，高一声低一声地叫着。

狐生先是吓了一跳，当他意识到什么的时候，大叫了一声"爹呀，你怎么啦？"。便向竹林扑过去。角麂子见有人扑过来，回头看了一眼竹梢头的木老脚，仓皇地逃进丛林中，消失了。

那一天大早，一只角麂子突然闯进了狐生家的堂屋，将正撅着屁股洗脸的狐生婆娘吓了一跳。角麂子歪着头，瞪着滴溜溜的眼，有点胆怯，又有点调皮地眨了眨，好像有点不谙世事的样子。

角麂子不大，头上的犄角才从头皮里钻出一点点，像春上刚出土的竹笋。那暗黄的皮毛油光水泻，缎子一般。

狐生婆娘直起腰，一手拿着还在往下滴着水的毛巾，一边往墙角退去。她想摸个东西对付这小东西，可摸了半天，只摸到一把扫帚，她抡起扫帚就往那角麂子身上砸，这次，是那小东西吓了一跳，它转身蹦到门槛外，狐生婆娘这才回过神，一边往门外追,一边大喊:"狐生狐生,角……角……麂子进屋嗒,快……快……起来打麂……子咧。"可没等狐生婆娘的声音完全哆嗦清楚,角麂子就三下两下往后山蹦去,一晃又消失在后山的竹林里了。

狐生是个懒货,别人家的男人都到城里打工挣钱去了,他吃不起这个亏,每天背着铗子、棕绳满山转,总希望能弄点猎物,换个柴米油盐。

用他自己的话说,并不是自己懒,而是舍不得婆娘。

狐生婆娘心里也知道,他哪里是舍不得自己?他进山弄猎物也是假,弄那些老公进城打工后符在家里带娃的婆娘是真。

昨天夜里,狐生婆娘知道那货在别人家吃了野食,硬是将他按在床上弄了三次,一边弄一边骂,看你骚,老娘今天让你骚个够,直到狐生告饶为止。所以,太阳都快爬上三竿子高了,他还趴在床上起不来。

见婆娘喊打角麂子,狐生眼还没全睁开就呼的一声从床上爬起来,顺手从床边抓起一把铲刀冲出房门,见婆娘还拿着那把扫帚,愣愣地望着后山的竹林,问道:"麂子呢?麂子在哪儿?"

狐生婆娘颤颤地说:"跑到后……后山竹林……林里去了……"

狐生冲着婆娘一顿臭骂,"真是蠢得死,一只角麂子你都弄不死,不晓得把门关上吗?懒得和你这傻婆娘说,不如弄根绳吊死去!"

狐生婆娘一大早被狐生一顿骂,也来了气,吼道:"你有本事,天天这个床爬上那个床,没看到你弄只老鼠大的野物回来!老娘明天就去广东打工,懒得伺候你和老不死的。"

狐生见婆娘动了气,也就熄了火,又回床上睡回笼觉。

可是,躺在床上,怎么也睡不着。婆娘在屋外打鸡骂猪,一句一句都像锥子一样直往狐生的耳朵里钻,他索性用被子将头蒙住。

老不死指的是狐生的爹木老脚,狐生自小就没见过娘,是木老脚一人把他拉扯大的。

据传,狐生是木老脚与山里一个姓胡的小寡妇的私生子,还有人说,狐生是木老脚在山里和一个非常漂亮的狐狸精生的,所以取名为胡生或者狐生。

木老脚是个箍山人,箍山人是猎人中的顶级高手,是龙窖山最狠的猎人,他打猎从不用土铳,他用套。每次上山,屁股上戴十只棕绳制的套子,过三天再去山上收套子,大的野猪、獐子、角麂,小的豪猪、野兔、果子狸,应有尽有。

木老脚狩猎有自己的规矩,每年的春夏两个季节从不上山,秋冬两季每个月只装一次套子,每次只放十只套绳,一个山头两年只去一次。

据说,木老脚是跟了梅山师父学了箍山法的。梅山师父狩猎的规矩太多,受不得他条条框框的,不能学他的箍山法。学了他箍山法的,不守他的条条框框,准得遭报应,所以他的法术不轻易传人。

木老脚是梅山师父唯一的传人。

木老脚的爹也是个猎人,狩猎靠土铳,枪法虽准,但为了狩一只野猪,往往要在茅草刺棚里趴几天,辛苦不说,收获也不多。木老脚小时候,每年秋天,有个梅山师父都要到龙窖山狩猎,就住在木老脚家,那时山上的野猪多,专门祸害山里人的红薯呀竹笋的,梅山师父就专门套野猪,每月五只,不多不少,每只180斤,不大不小。每次套了野猪,留一只猪头祭山,其余的猪头都分给糊涂村的庄户人家打牙祭,野猪肉则卖到城里去。一个秋冬下来,梅山师父能挣不少钱回去。

木老脚的爹看在眼里,羡在心里,就想拜师学箍山。但无论他如何求梅山师父,梅山师父总是不肯收他为徒,说:"你想吃什么只管说，天上飞的地上跑的土里钻的，我弄来给你吃就是，但这法术是千万不能随便传给人的，每个行当有每个行当的规矩，一旦坏了规矩，不仅自己的法术失效，还会报应到自己或家人的身上，可不是好玩的。"

木老脚的爹不信那个邪，一个箍山人，做的就是赶尽杀绝的活，还有什么规矩？梅山师父不肯收他为徒，肯定是自己不中他的意。于是，他就想了一个逼宫的主意。

木老脚的娘是龙窖山最漂亮的女子，皮肤白净，眉眼水灵灵，那身段，更是没的说，让多少过往的男子挪不开步。木老脚的爹想，梅山师父长年在外，沾不到女人的边，一定憋得慌，不如将自己的婆娘给他，再把他的艺学过来，一世衣食无忧。

梅山师父上山放套的前三天，是要打清斋的，即不吃荤、不近女色。虽然木老脚的爹说好说歹，软硬兼施、寻死觅活地说动了婆娘，但梅山师父既不吃荤，更不近女色，木老脚的爹想将梅山师父拉下水，也不容易。但为了学艺，不容易也得想办法，可一连几天，木老脚的爹餐餐准备了好酒好菜作死地劝，让婆娘作死地挑逗，可梅山师父硬是不端杯，不动筷，也不正眼去瞟那婆娘。

万般无奈，木老脚的爹使出了自己的绝活。

梅山师父在上山前的一天晚上，是要焚香沐浴的。木老脚的爹就从山上扯了一把草药，让婆娘给梅山师烧洗澡水时，悄悄地放到锅里。水烧好后，木老脚将盆准备好了请梅山师焚香沐浴。梅山师焚了香，念了咒，脱衣入盆，轻轻地躺到盆里，闭上眼，那微烫的热水让他感到全身舒畅。可不到半盏茶的时间，梅山师突然感觉有一股热流从小腹丹田之处直往上涌，慢慢地全身都燥热起来，双腿间那物件更是忽的一下弹了起来，破水而出。他意念中守住的青山绿水一下子云雾缭绕起来，继而竟有神女一丝不挂地从云雾中走了出来。梅山师大叫一声，热啊热死啦，这时，神女伸出纤纤玉手，将梅山师从盆中拉起来，梅山师一下抱住神女，将其按入盆中，与神女在云遮雾罩之中飘然若仙了。

当他从仙境中回来时，盆中的水已经微凉，而木老脚的娘正一身白里透红地和自己缠绕在一起。梅山师大叫一声从水盆中蹦出来，仓皇地将衣服捂在身上往外就跑，一头撞到木老脚的爹的胸口上。

梅山师大哭道："你……你破了我的法门了，你……你……会遭报应的！"

木老脚的爹大骂道："你……你是什么师父？竟做下这样不要脸的事，难道还怪我不成？"

梅山师真是有口难辩，他惶恐道："这……这不是你做的手脚么？你说该怎么办？"

木老脚的爹道："你说怎么办？该怎么办就怎么办。"

梅山师叹了口气道："唉，天命难违，我收了你做徒弟吧。"

木老脚的爹一听，忙跪下向梅山师叩了三个响头，叫了一声师父，便欢天喜地地将婆娘拉回了房间。

梅山师第二天并没有带木老脚的爹上山装套，而是在房里将自己关了半个月。

木老脚的爹也不着急，天天让婆娘将饭菜做好后送到师父的房里。15 天后，一大早梅山师就起了床，他将木老脚的爹叫醒，说："今天跟我上山吧。"

木老脚的爹自认艺已学得很精了，便有了将梅山师赶走的想法，他对梅山师说："师父，让我独自一人下一次套，验证一下我的手艺吧。"梅山师知道他的心事，犹豫了一下，还是答应了，于是，木老脚的爹独自一人上了山，可回来的时候，却中了自己的箍山法，被箍进了自己的套阵，第三天才被梅山师从山中背回来。木老脚的爹说，他看见一只白麂子从自己的眼前一晃，他就迷迷糊糊跟着它跑，可跑着跑着，白麂子不见了，自己却找不到下山的路，一直转呀转，最后进了自己布的套阵，被一只套野猪的棕绳套住，挂到竹梢上下不来了。

梅山师说："白麂子是山神爷的坐骑，你也鬼迷心窍想追！"

从此，木老脚的爹便瘫在床上，屙屎屙尿都要婆娘侍候着。

木老脚7岁那年，梅山师便背了他上山，将各种野物的踪迹、路数教给他认，告诉他做各种迷阵。木老脚8岁就能套兔子狐狸，10岁就能套角麂子，12岁能套野猪，14岁能套金钱豹。

当木老脚能独自上山布阵时，梅山师走了。这一走，就再也没有踏进过龙窖山半步。

梅山师走的那晚，木老脚的娘哭了一晚。天亮的时候，她将家里的一只母鸡杀了，下了一大碗鸡汤面。

木老脚的娘说："这就走了吗？再也不回来了吗？"

梅山师说："木已成人，龙窖山是他的了。"

木老脚的娘说："怕他最后也将自己箍到自己布的阵中去。"

梅山师说："木像我，不贪心，山神会保佑他。"

木老脚的娘说："他还小，心还正，慢慢大了，心会歪。"

梅山师说："他发了誓赌了咒的，再说，每次下套，凡怀了崽的野物，他都会放生，没成年的野物，他也放生，心比我还正。我放心他。"

木老脚的娘便将木老脚叫醒，让他在梅山师面前再发一次毒誓。

木老脚半梦半醒地从床上爬起来，咚的一声便跪在梅山师面前，说："如果违背师父的教导，最后一只套住的畜生便是我自己。"

梅山师走了，木老脚便在龙窖山讨生活，没有发财，但一家人衣食无忧。

木老脚的爹在床上躺了14个年头，最后还是用床单做个套，将自己挂在床栏上了。

爹死后不久，木老脚带了狐生回来，便将下套的工具挂到火塘顶上的房檩上，再也不上山布阵下套，而是老老实实相跟着出集体工，每天拿12个工分过日子。

不知怎么搞的，龙窖山上没有箍山人，山上的野物反而越来越少了，甚至少到多年都看不到一只角麂子。

狐生是从翁妈口中听到箍山人的故事的。

狐生的翁妈，也就是木老脚的娘，只要一空下来，就会坐在大门口，望着龙窖山神神道道。狐生好奇地问："翁妈，你在嚼什么呢？"

翁妈说："那个箍山的老鬼走了，也不念起这些人。"

狐生说："什么老鬼？"

翁妈就叹了口气，答非所问道："你爹也是个箍山人。"

狐生说："那我爹是老鬼吗？箍山人是干什么的？"

翁妈就眼睛直直的，什么也不说了。

后来，狐生又问木老脚："翁妈说你是箍山人，箍山人是干什么的？"

木老脚说："箍山人就是读书人，你好好读书，长大了就能到山外去做大事。"

狐生说："你是箍山人，为什么不到山外去做大事？"

木老脚就无话可说，在狐生的屁股上拍几巴掌，吼道："读书去。"

狐生天生不是读书的料，只读了四个一年级就不肯上学了。天天跟着村里几个闲人打兔抓鸟。后来，不知从谁口中知道了木老脚的箍山法，便成天跟着他问，木老脚无法，只得布了梯子，将房檩上的棕绳拿下来，教狐生下套，但也只让狐生学到一点套野兔、黄鼠狼的功夫。可狐生却以箍山人自居，再也不愿做其他的功夫，成天屁股上挂几只棕绳钻山入林。

这几只棕绳还是给狐生带来了好运气，让他将邻村那个像只野兔一样乱蹦乱跳的女子套回家做了婆娘，还时不时能将野物往别人家的门口一挂，便上了那些看家婆娘的梓木床。

狐生的婆娘因没打到跑进屋里的角麂子，挨了狐生一顿臭骂，心里很不爽，决定要到广东打工去。

狐生不依，说："你到广东去，老子立马把你休了。"

狐生婆娘说："休就休，老娘还不稀罕你那一竿子呢。"

狐生拍着屁股上那几个棕绳说，我有了这几根绳，还怕套不来一个婆娘？

狐生婆娘就骂道，老娘是瞎了眼，才被你套了。你屁股上挂根绳何事不将你自己套了呢？

狐生被婆娘骂得笑了起来，说："老子的套就是专门套你们这些傻的，咋会套自己呢？"

狐生婆娘道："我不去也可以，那你出去打工，我看家带崽。人家男人在外打工，每月都寄两三千块钱回来，我不要你寄这么多，每月100块就够了。"

狐生恨恨道："两千块值个啥？老子用箍山法从山上套一只野猪回来，就是值两千块。"

狐生婆娘道："你只能套只啥？你家那老不死的何时将箍山法传给你了？不过教你套只老鼠，你就以为能套老虎了。"

狐生一顿，好像被婆娘骂醒了，寻思道，也是，既然教我箍山法，不说套老虎。为何这么多年连只野猪崽都套不到？他一恼，将木老脚从床上拉起来，吼道："你这老不死的，这么多年我侍候你，不说要你教我套老虎，你怎么就用那套老鼠的法子糊弄我呢？我可是你的崽，你的独崽嗒，你难道要将那箍山法带到土眼里去？"

木老脚说："你看我这腿脚，有么子箍山法哟，别人都是策你的啦。"

狐生说："你没得箍山法，大前年是如何将那群野猪子赶出村的？你莫策我。"

大前年夏天，龙窖山下来了一群野猪，直往庄户人家的猪圈里钻，将一群婆娘们吓得要死，据说是木老脚念动箍山大法，才将这群红了眼的野猪赶出村去。可当天夜里，龙窖山就下了一场百年一遇的大雨，山洪差一点将整个糊涂村冲了，有人说这是因为木老脚得罪了山神。但木老脚说野猪们有灵性，知道要下大雨，可山上的树木都被砍了，没地方躲雨，是想跑到村子里来躲雨的。

大雨过后，木老脚拿了盘缠饭米，到山里转了三天，也不知他干了些什么，但回来后就中了风，嘴巴歪了，手脚瘸了，走路一高一低，好像这世上的路再也没有一步是平的。

木老脚说："你看我脚不能走手不能提，要有个箍山法，不晓得箍点野物卖点钱过生活？"

狐生一时话短，气得将木老脚往床上一推，吼道："你不将这箍山法传给我，让这绝活失了传，就不是我爹，我去死了算了，让你断子绝孙，我正懒得侍候你这老不死的。"说完气哼哼地转身出了门。

木老脚看到摔门而出的儿子，眼泪一下子漫出了眼眶。

其实，狐生并不是木老脚的亲生崽。一年冬天，20多岁的木老脚进山布阵下套，在回家的时候，看到一个要饭的年轻女子倒在路边，木老脚连忙跑过去，想将那女人扶起来，可一摸，发现那女子已经手脚冰凉，没一点气了。不远处的草丛里，仿佛还有人在轻轻地呻吟，木老脚一惊，立马将腰上的铁铲和砍刀抽出来，轻轻向那声音摸过去，当他接近那声音时，从草丛里突然蹿出一只狐狸，惊慌失措地一头扎进荆棘里不见了，与此同时，草丛里爆出一声婴儿的哭声。木老脚吓了一跳，他走过去，扒开草丛，草丛里正躺着一个小男孩，他一边手脚乱抓乱踢，一边咂巴着嘴巴哭叫。木老脚将小孩抱起来，看到他嘴巴上的一小撮狐狸毛,一下子明白了,那狐狸正要给小孩喂奶呢。

木老脚将小孩放进棉衣的胸口,用装套的铲刀挖个坑将女人埋了,之后连夜上山,将自己布下的迷阵全部撤了,发誓从此不再箍山猎兽。

回家后,他将孩子取名狐生,并当作自己的亲崽养育成人,因为怕别的女人不疼狐生,木老脚竟一生未娶。

木老脚强挣着起了床,扶了拐杖走出大门,将目光投向莽莽苍苍的龙窖山,口中念念有词:奉请梅山大法主,梅山法主降坛场,头戴遮天猛威帽,眼放豪光澈底清。朝在玉皇金阙殿,暮游七星北斗辰。凡人有事来下请,火急领兵赴坛庭。弟子虔诚来拜请,唯愿梅山法主降来临……

木老脚叹了口气,唉!几十年没祭过山神了,这些咒语还是熟如流水。他接着又在心里颂了几句咒:"奉请翻坛张五郎,梅山祖师降坛场。要知五郎身出处,便是青州大府堂。元和年间九月九,生下翻坛张五郎,一十二岁去拜法,三十六岁转回乡。行在龙虎山前过,仔细思量无座场。此间有只黄樟树,春日热,夏日凉,鸣一角声天地动,吹倒樟树叶泛黄……弟子虔诚来相请,唯愿翻坛五郎亲降临。"

木老脚打了三日清斋,又焚香沐浴了一番,将狐生叫到面前说:"明天,你跟我上山吧,我教你箍山法。"

第二天一大早,木老脚就起了床,备好了公鸡、猪头、水酒、香烛,又从箱底翻出一块红布,带着狐生进山了。

木老脚在山嘴前的一棵老樟树着停下来,老樟树下有一个石块砌的神龛,木老脚将祭品一字摆开,领了狐生,燃了香烛,作了三个揖,叩了九个响头,让狐生跟着自己念起咒语:

"今有岳州府临湘县龙窖山土地管下猎户,因孽畜……伤害人畜,作践……阳春,弟子等为保一方平安,持祖师当年神弩,誓灭山前猛虎,射尽山后野猪。恭请祖师保佑,箭无虚发,手不空回。人无受伤，狗不溅血。今日许下良愿，明日猪头酬恩。"

木老脚念得有些心虚，这年月，哪还有什么孽畜害人，作践阳春哟，野物们都无家可归了，唉！但既然祭神开山，总要有个理由吧？他这样想着，又虔诚地对老樟树双手合十，默念三分钟："弟子出门起山人化为惊天动地五猖兵，挡路人化为捆山截凹五猖兵，祖师前去五猖兵，弟子后随大喊三声，发动十万天仙兵，十万地仙兵，十万水仙兵，前去十万山头，吾奉太上老君急急如律令！"

最后一刀将公鸡的头砍了，把血洒到樟树干上。

祭祀完毕，木老脚便大踏步进了林子。

在山林里，木老脚教狐生认百兽的脚印，从树上蹭痒的情况看野物的大小，从粪便看野物入山的时间，要狐生在心中一一记住。木老脚又教狐生如何布迷阵，开匝道，将隐入丛林中的兽迹慢慢地归到一条道上来……

整整一天的时间，木老脚将一个山头都踏了一遍，在天黑的时候才算万踪归一，一个山头的套阵也算排好了。晚上，两人坐在一个山崖底下，拢了一堆篝火，木老脚让狐生将白天布的阵想一遍，不能有一点的疏漏。狐生一一说来，不对的地方木老脚再说一遍。

狐生记住了阵势，木老脚又将箍山人的规矩给他说了一遍，他说："老辈人套野物，也是为了谋生，杀物养物，必须留个后路，决不能赶尽杀绝，所以，怀了崽的野物要放过，哺乳的野物要放过，春上正是野物发情繁殖的季节，也是不能箍山的。"狐生一边听一边点头，但不知不觉间歪在火边，发出了鼾声。

木老脚几次想将狐生摇醒，将他的身世告诉他，但话到嘴边，还是咽了回去，这孩子，生下来就没了娘，不能让他心中再少个爹呀，心中没有爹娘，会更野的。

木老脚看到进入梦中的狐生，叹了口气，喃喃道："看来，只能用梅山师的法子，用自己的命，去破了这箍山法了。用一条老命，能换来一山野物的活路，换来狐生的醒悟，值！"

梅山师曾教过木老脚一套收山的心法，即在布完套阵后回家时，如何清除箍山人的踪迹，消除箍山人的气味。如果少了这一个环节，在短时间内野物是不会入阵的。如果再用一个更猛的法子——破阵法，即箍山人拿自己的命去闯阵，所有的咒语就会失效，即使箍山人的阵法百无一漏，布出的阵也只是一个寻常的套阵。

天亮了，木老脚对狐生说："今天你可以独自去布阵了，我这腿脚是走不动了，我在山下等你。记得，回来的时候，在大樟树底下喊我三声。"木老脚这是要狐生帮他喊魂哩。

狐生说，好呢，你放心下山吧，这箍山法，我真的会了。狐生说完，转身钻入了密密的丛林之中。

木老脚从狐生的眼神中看出了贪婪，他知道，如果不用梅山师的破阵法，自己遵循了几十年的山林法则，就会在狐生的手上破了。木老脚看到狐生消失在丛林中的背影，有点哽咽地说，孩子，山上的岔道多，要记得回来。他说完，一头闯进了昨日布的套阵中……

白麂子

父亲30年后重出山林狩猎，第一天就出了大事。

母亲打电话给我，让我赶紧回家。我问母亲说："妈，是怎么回事？这段时间单位忙呢。"

母亲不安地说："再忙也得回一趟，你爸出大事了。"

一听说爸出了大事，吓我一跳，急问，"爸怎么啦？病了还是摔了呀？"

母亲说："不是病了，也不是摔了，比这事更大。"

听母亲这一说，我惊出一身汗，心里咯噔一下，差点哭出来，"我爸他——到底怎么啦？"

母亲说："不得了呢，他今天上山套野物，套了一只白麂子呀！"

听母亲这一说，我才松了口气，说："无缘无故上什么山下什么套喽？爸不是几十年不搞这事了吗？"

母亲说："你爸是不愿去嗒，还不是你叔？你叔天天磨天天磨，再不上山，面子上挂不住呢！"

叔父在家门口开了一家农家乐，取名为"龙窖山庄"，虽喊农家乐，其实就是一个专吃龙窖山野味的餐馆。叔父在自家门口搭了个竹棚，清一色的竹椅竹桌子，搞得有模有样，但关键不在有模有样上，客人稀罕的是餐桌上的吃食。单从那挂在棚壁上的菜牌上，就能看出个子丑寅卯来。

今日专供：

蛇类：剧毒蕲蛇、烙铁头、大王蛇、乌梢蛇
兽类：香狸、角麂子、野猪、野兔
禽类：斑鸠、竹鸡、山鸡、猫头鹰、麻雀
两栖类：鹰嘴龟、乌龟、脚鱼、石蛙、青蛙

每到周末，叔父的农家乐生意火爆。近段时间，不知怎么搞的，不是周末生意也火爆。听说城里餐馆纪委查得严，大家伙都怕到城里的餐馆吃，只好中午开了车跑几十里山路到叔父家的农家乐吃了立马回城。

随着叔父家的生意火爆，上下屋场又开了几家和叔父家一模一样的农家乐。挂的牌子都是"龙窖山庄"。一开始，叔父怕别人抢了他生意，就在竹棚顶上插了一个幌子，印上"正宗龙窖山庄"字样。也不知是什么路数，这农家乐是开一家火一家，正宗与非正宗一样客人爆满。

龙窖山庄生意火爆，野物就成了稀罕东西，各个山庄互相抬价收购，于是那些歇了手几十年的猎户又心躁手痒重操旧业，各显神通了。捕蛇抓蛙，掏鸟捣鳖，下套打铳，进山像逛超市一样，将冷清了几十年的龙窖山搞得稀汤泼水。

父亲是龙窖山最有名的猎人，他出猎既不需带赶山狗，也不用猎铳。

父亲狩猎，从来就是独来独往，每天早上带点干粮，腰上系一圈棕套索，几把铁铗，手里提把铲刀，唱着山歌，优哉游哉进了山，晚上回家不是挑两只角麂，就是扛一头百十来斤的野猪。最不济的日子，也能提三五只野兔。

当然，这些都是我才记事时的往事了。那时，山上的野物多，专业的猎户少。

这几年，有好多后生家提了酒肉到家，要拜父亲为师学梅山法下套箍山，都被他一口回绝，父亲说："千个师父千个法，套的套嘴套的套胛，我也是瞎捣鼓，有什么法？"

叔父却对父亲说："这野物一天一个价，像小河里的水夜夜涨，我的山庄里都收不到一根兽毛了，您老再不出山，我这店怕是快关门了。再说我又不是不出钱，只有你能套得到野物，我出高价收你的。"

父亲说："你又不是不知道，我这把年纪了，这几年腿脚也不灵便，爬不得山下不得水呢，就算是套到了兽，也扛不回来了。"

叔父说："你只管布阵下套，套上野物我帮你去扛。"

父亲说："这野物，你怕是小河里的石头，越冲越多呀？为何这价钱像小河里涨水一夜一个价？那是山上没得货了呢！像这样吃下去，不出两年，这山上的野物就要吃绝毛哩！野物绝了种，这溪里还有水？"

叔父说："理是这个理，但讲了理就亏了嘴，想那么远这人就没法活了，哥，你要拿出你的看家本事，趁早捞一把哩，你再不出手，别人迟早把这山掏空了，你有天大的本事也是白的。"

经不住叔父的软磨硬泡，父亲答应重入山林，再操旧业。

父亲连夜将自己的业持（从业的工具）从火房的檩梁上取下来，打开几层麻布包裹，那些跟随了父亲几十年，又在二脚梁沉寂了几十年的业持，依然让父亲敬畏。他小心翼翼地将它们一件一件地拿出来，用手摸了一遍又一遍，眼里闪过一丝骄傲，又闪过一丝惶恐。铲刀虽然已是锈迹斑斑，但钢火好，在磨刀石上打磨一番，又锋利如初；铁铗子劲道依然很足，一脚踩下去，嘎嘎作响，别上扳机，平放地上，再用竹条捅一下，啪的一声，铁锈四溅，父亲满意地连叫几声好。只是那一圈用棕绳做的套子，已经干燥得很了，用手一捏，竟成了一截一截的。于是，父亲又打了手电到屋后的棕树上剥了一捆棕丝，搓绳制套，忙到半夜。

天刚蒙蒙亮，父亲就起了床，他在祖宗的牌位前祭了张五郎神，又杀了一只雄鸡，在晒场上对着四方大山拜了山神，背着铲刀，腰上挎了铁铗棕套上了龙窖大山。

父亲这一进山，一直到月亮出来，都没有出山。这一下，母亲慌了神，母亲眼泪巴巴地跑到叔父家里，要叔父赶紧上山去找，叔父一听也慌了，他想起了爷爷当年出事时的情景。

那一年，父亲决定放下铲刀，立地成佛，是缘于同一件大事。

那一年，父亲的父亲，也就是我爷爷，那个龙窖山最最著名的老猎户，突然死了。

那是个月圆之夜，应该是中秋。

已是月上三竿了，我爷爷巡山还没有回来，父亲站在晒场上望着兽一样的大山，心里有些不安，父亲点燃一袋烟，吸了两口，突然说，坏事了，听到山魈的叫声。

其实，我的耳朵最灵泛，山林里的风吹草动，鸟叫虫鸣，都逃不过我的耳朵，但父亲说的山魈的叫声，我压根就没听到，但看父亲神色张皇的样子，我也不禁打了个寒战，浑身的汗毛根根竖起。父亲猛吸一口烟，丢下烟袋烟筒，便上山去寻。

爷爷每天巡山的路线，父亲是了如指掌的。父亲是爷爷的嫡传弟子，拜的祖师爷是梅山师父张五郎。据说，只要念动祖师爷传下来的咒语，闭上眼睛，哪座山上有几只野猪，几只麂子，几公几母，都清清楚楚，甚至每一个山头有多少山老鼠，都一目了然。

父亲是直奔爷爷出事的山头去的，果然就在一条兽道上找到了爷爷。

爷爷一见父亲，挥舞着手，眼中惊恐的神情让父亲倒退三步。

父亲疑惑道:"爷,你这是怎么嗒?"

在父亲的心目中,爷爷是个天不怕地不怕,天王老子下凡打一架的角色,有什么事会让他如此惊恐呢?记得父亲曾说过,爷爷从小胆子就有钵子大。

据说,日本人闯进龙窖山的那一年,爷爷十岁。

那一年,王剪波的游击队与日本鬼子在龙窖山打了一场恶仗。那一仗从下午3点打到晚上7点,整个下午枪声就像放炮仗一样没停过。

日本鬼子进龙窖山只有一条路,这条路又必须从我爷爷家门口经过。

当日本人的东洋马昂首阔步走进村子的时候,祖爷爷一手提着胡乱收拾的包裹,一手夹着爷爷,一头钻进了屋后的山林。

日本人在村口的石桥上遇到了王剪波游击队的袭击,枪声一响,日本人就像炸了窝的马蜂,一下子散开了,各自找了沟呀坎的趴下,向石桥两边的山坡上开枪还击。

爷爷一家人趴在山埂上看王剪波与日本人打仗,大气都不敢出。

看到日本人的大马,十岁的爷爷不知为什么竟兴奋得不得了,一次次从山埂上站起来,大喊大叫"大麂子,好大的白麂子呀!"。见爷爷那疯了的样子,祖爷爷一次次惊恐将他的头往地上的枯叶里按。

快天黑的时候,枪声停了,王剪波的游击队扛不住,从两边的山埂上一个呼哨便跑了,日本鬼死了几个人,找不到发泄的对象,一把火把我们王家洲烧成了灰烬。看到家里的房子被点着了,祖奶奶一顿乱哭。祖爷爷生怕祖奶奶的哭声引来日本人,一个耳光扇到祖奶奶的嘴巴上,祖奶奶立马止了哭,可回过头时,爷爷却不知跑到哪里去了。

原来，爷爷是惦记着日本人的大白马，一个人溜下了山呢。

爷爷趁着黑暗中的火光，在村后的峭壁边的小路上装了几个铁铗，专守着日本人从这路上经过，好弄下那匹大白马。

日本鬼子烧了村中木屋，杀了两头小猪，抓了几只鸡，在火上烤得油水四溢，吃饱喝足后，在村中安营扎寨过夜。

见鬼子没有出村的意思，爷爷竟胆大包天，一个人悄悄摸进村子，想牵那匹大马，可这是匹东洋马，听不懂爷爷的土话，更听不懂爷爷的箍山法，任爷爷怎么嘀咕，它就是不跟他走，爷爷想马心切，也就不管不顾去拉那马的缰绳，那畜生竟一声长嘶，一个蹄子将爷爷踢出一丈多远，也幸好这一踢，将爷爷踢到土坎下了，惊醒的日本鬼子舞了火把跑过来，没有发现他。

爷爷倒在坎下，一手捂着踢疼的肚子，一手四处乱摸，一摸是一个冰凉的人，一摸又一个冰凉的人，原来他被踢到被日本鬼子打死的游击队员一堆了。

爷爷从那几个死人中爬出来，摸到装了铁铗的山埂上趴下，他惦记着那又高又大的东洋马呢。

天亮的时候，日本人拔营起程了，一个当官的骑着那匹高头大马走在前面，十几个鬼子一溜紧跟在马屁股后面，嗒嗒嗒地走上了出村的山路。

见鬼子上路，爷爷兴奋得裤裆一热，竟忍不住射了半泡尿在裆里。这一射不打紧，只听那马一声长嘶，前腿一跪，将背上的那人摔下来，直跌到路边的悬崖里。那马想挣扎着站起来，不想又是一个前跪，自己也翻下了悬崖。

原来，那马中了爷爷的铁铗。

当祖爷爷找到爷爷时，他正在山谷的河洲上，握了日本人的东洋刀，一刀一刀地剥着东洋马的皮呢，他见有人过来，得意地挥着手中的东洋刀大喊："爷，我将这大白麂子铗住啦！我会下铗子啦！"

那一身一手的血，让祖爷爷有点眩晕起来。

这是爷爷第一次下的铗子。第一次试自己的手艺，就让整个村子里的人吃了一个冬天的东洋马。

当然，爷爷的这一手，也让整个龙窖山遭了殃。那几年，日本人不管是进山扫荡还是路过，每次经过，沿路的村子都要化为灰烬。

这事，也成了爷爷日后夸口的资本，特别是当爷爷喝过酒后，总喜欢说，想当年，老子还穿着开裆裤，念起箍山咒，舍起箍山法，一把神铗，不仅弄死一排日本兵，弄下的东洋马让村子里的人过了一冬的年……

如果有人敢不信，他就很着急地将木箱底下找出的一块用马皮做的褥子摔到你的面前。

父亲将爷爷背回家中，已是子时三刻，爷爷双眼紧闭，双手乱舞，满嘴胡话。

父亲说，爷爷是吓的，吓破了胆。从小就胆大得吓人，怎么到老了，竟被什么东西吓破了胆呢？父亲有些不可思议。

从爷爷时而清醒，时而糊涂的话语中，父亲晓得，爷爷的棕套套住了一只真正的白麂子。

这一天，爷爷本是一无所获的，但在查最后一根棕套时，突然发现棕套上悬着一只雪白的东西，他走近去看，那白东西竟望着爷爷，阴险地一笑，那一笑，让爷爷心里滚过一个炸雷，他一个跟头便从山头翻到山坡。

爷爷在心里暗暗叫苦："坏了坏了，得罪山神爷了。"

他想再爬到山头去解救那白东西，但全身不能动弹一下。

父亲说："那白东西，就是白麂子。"

白麂子是山神爷的坐骑，白麂子出现，一定是山神爷出来巡山，山神爷出来巡山，一定是对这片山林不满了。凡人碰到白麂子，如不及时回避，必定会大病一场，九死一生。这一次，爷爷的棕套竟套住了山神爷的坐骑,山神爷必然震怒,一定会出场大事。

我怯怯地问父亲,"你看到白麂子了吗?"

父亲瞪了我一眼说:"我看到了白麂子,还能背你爷回来吗?还能全手全脚地站在你面前吗?"

我不禁又一次汗毛倒竖。

那夜本来好好的月亮,突然被天狗吃了,天狗吃了就吃了,可龙窖山突然电闪雷鸣,一场大雨足足下了两个时辰,龙窖山山洪滚滚。

当水从门缝里涌进来时,爷爷说了一句话,"快逃生去。"说完就闭上了眼。

父亲背了爷爷,喊起一家人从后门爬上屋后的山坎,坐在泥地里,望着白晃晃的洪水轰轰地压过来。那浪头,就像满河的白麂子,扑向我家的木房子,一个漩涡,吱呀一声,那木屋就不见了。

如果不是爷爷出事,一家人可能都在一梦之中被山洪冲到无影无踪。

天亮时河那边的山突然从半天里垮下来,让人感觉是世界末日来了。

后来,我到县史志办工作,翻看了关于那年龙窖源山洪的记载。

1980年9月20日,龙窖山出现百年一遇的大雨,3小时降雨量400毫米,引发山洪暴发,山体滑坡4处,冲毁良田300亩,冲垮房屋62间。

父亲说,龙窖山遭遇大难,全因爷爷套了白麂子得罪了山神,从此发誓,决不再上山狩猎。

如果这次不是叔父再三的恳求,父亲是绝不会重操旧业的。母亲哭着说,父亲就是耳根子软,听不得人家三句好话。

叔父没有得爷爷的家传，那双眼睛不灵光，看不穿山林，但他嗓门大，会喊山，站在山头一声吼，几峒几垭听得清清楚楚。当父亲听到叔父的吼声，便用铲刀敲响身边的竹根，那竹根发出的闷响，就像更夫的梆子一样，在夜色里传过几山几岭。叔父就循着竹根的梆梆声找到了父亲。

　　父亲说，他与白麂子在兽路上撞了个对面，那雪白的东西，被父亲下的棕套套住了后腿，但它并不惊慌，而是看着父亲阴阴地一笑，父亲就倒退了三步。当父亲站稳脚跟再去看那东西时，那白东西却不见了。父亲这一吓可不轻，他从兽路上退回来，竟就找不到下山的路了。

　　我见到父亲时，父亲躺在床上，不停地说着关于白麂子的故事，从祖爷爷到爷爷，再到自己，那白麂子就像魔怔一样令他兴奋又惊惧。

　　为了将父亲从白麂子的魔障里解脱出来，我将父亲接到了城里的医院进行治疗，当医生开出住院证和检查单时，父亲趁上厕所时拉住我的手说："住什么院喽，我又没病没痛的。"

　　我用手摸了他的额头一下，疑惑地说："您不是……"

　　父亲神秘地一笑，说："我已经好了，到你家里躲几天再回龙窖山。"

　　母亲说："他一上你的车，我就知道他葫芦里的药了。"

　　我不解地说："您老两口玩的什么套路喽？"

　　母亲说："你爹也是两头为难呢，上山套兽吧？那是得罪了山神爷，不上山吧？又得罪了你叔，这样多好？最多得罪了自己。"

　　父亲瞪了母亲一眼说："又没人把你当哑巴卖了，就你能！"

　　我说："爸，你真的套住了一只白麂子了吗？"

　　父亲说："龙窖山那么大，过去什么兽没有？有兽的地方，就有白麂子，但那东西是神物，一般的凡人怎么看得到？"

我说：“那就是没有了？”

父亲有点生气地说：“你这孩子，怎么能怀疑白麂子呢？”

父亲回到龙窖山时，已是一个月之后。父亲一回到龙窖山，头一下子蒙了。每一个农家乐门口都竖了一块大牌子，牌子上印有一只像麂像鹿又像羊的怪兽，并介绍说就是白麂子。牌子上的文字是这样写的：白麂子，是国家一级保护动物，主要活动范围在龙窖山区，现在不足50只，数量比国宝大熊猫还要少，是国宝中的国宝。白麂子又是民间传说中的神兽，一般的凡人无法看到，其肉质鲜美无比，据《本草纲目》载，其肉大补，可补一切病后体虚，其鞭和肾有补肾壮阳之奇效。1980年，有村民发现它的踪迹，今年又有村民再次发现其活动在龙窖山葫芦嘴的山林中。国家科考队通过考察，证实龙窖山白麂子并非谣言。白麂子的再次出现，说明龙窖山的生态环境已经恢复良好。

牌子下面注有一排小字：为了保护国家珍稀动物，本店保证不卖白麂子。

原来，父亲套到白麂子的消息不胫而走，就有一支科考队进了龙窖山，进行实地考察，据说还拍了大量的珍贵照片。科考队晚上就住在叔父家。后来，《龙城晨报》就刊登了有关白麂子的消息。

牌子上的那段文字，都是从《龙城晨报》上摘录下来的。

父亲看到这些个大牌子，除了惊愕，就是害怕，难道这山中真的又出了白麂子吗？"白麂现，灾难连"的猎谣让父亲寝食难安。

晚上，叔父喊父亲到家喝酒，席间，父亲说："白麂子的事，是么回事吗？"

叔父说："哥，您这是怎么啦？么回事，您不是看到了吗？还把您吓得差点破了胆。"

父亲说："科考队的事，还有报纸的事，是么回事？"

叔父说："是呀，您住院的第三天，科考队的就进了龙窖山，还拍了照片呢。"

父亲说:"么子科考队?他们是哦哩晓得我撞上了白麂子?"

叔父嚅嚅了好久,说:"是我告诉林生的,我说您病了住了院,要他去看看你,顺便就把您撞了白麂子的事告诉了他。"

林生是叔父的儿子,我的堂弟,是《龙城日报》的记者。父亲进城的第二天确实给我打过一个电话,问我父亲的病情,说要过来看看,我说父亲没事,在我家休养几天就好了,让他别过来。没想到他竟将这事闹出这么大的动静。

父亲生气地说:"我一看就晓得是你闹的鬼把戏。一看又晓得你冒这么深的水,闹不出这鬼把戏!看看,林伢子,端了国家的饭碗,哦哩搞这些冒门径的事喽!唉!"

叔父说:"哥,你可别不信,这科考队可是真的。"

父亲说:"真的个鬼,这上上下下哪个不晓得是你玩的把戏?就你乖,就你长了脑壳,别人的脑壳都是木头雕的,泥巴捏的,别人的脑壳都是马蜂窝、是土芋头?"

叔父说:"哥,我晓得瞒不过您的法眼,您的眼是炼了梅山法的,山上跑过的老鼠是公是母你都看得清清楚楚,但您说,这龙窖山到底有没有白麂子?"

父亲说:"当然有!"

叔父说:"还不是?那不就要得?"

父亲说:"要得么子要得?这白麂子是神兽,是山神的坐骑,哦哩就成了国家珍稀一级保护动物?看那画上的三不像,是白麂子吗?那样子,不辱没了山神吗?"

叔父说:"那白麂子谁都没见过,你说它该是什么样子?你说你看到过,那你说它是什么样子?"

父亲一时语塞,更加生气道:"你,不是个东西,老子这酒不喝了。"说完,将酒盅往桌子上一扣,起身就走。

父亲走到门口,又折回来说:"听说你餐馆悄悄地卖白麂子肉,300块钱一份,你也卖了快一个月了,天天卖,一只白麂子经得你天天卖?"

这一次轮到叔父语塞。父亲又说:"你弄了白麂子,白麂子在哪儿?让我瞧瞧?"

叔父见说不赢父亲,只好说了实话,说:"这龙窖山哪来的白麂子?都是你睁眼说瞎话!我卖白麂子,鬼白麂子呀?还不是被逼的,开个农家乐你以为容易呀?这城里人的嘴巴都刁,挑三拣四,这山里的蛇呀、鳖呀都吃得没味了。我有的别人都有,不搞点新鲜的,谁还来呀?这白麂子才吃了几天呀?不家家都在卖了吗?那广告牌子,都是一窝蜂跟着我竖起来的。"

父亲说:"那你说你有白麂子,别人就相信?"

叔父说:"所以林生给我出主意,搞些人帮我炒作一下,这不?食客都来啦,你看我这天天忙得赢吗?"

父亲说:"那你给他们吃么子?"

叔父笑着说:"我将收来的麂子请城里的理发师傅染一下毛,黄色不就变成白色了吗?看,我把麂皮子钉在门板上,客人一来,我就将他们拉到后院看白麂子的皮……"

父亲长叹一声,"真是作孽呀!有辱山神呀!"

叔父说:"么子山神喽?那还不是您一个人瞎说的?你看到过山神吗?那山神的坐骑白麂子,也只有你相信。"

父亲听了,挺得很直的腰突然塌了下来,但他还是将身子努力往上挺了挺。

这夜,父亲一夜没睡,他将自己的箍山的业持重新整理了一遍,将梅山法的咒文在脑子里过了三遍,一清早就独自一人上了山。

父亲对母亲说:"我一定要弄一只白麂子回来,让全村的人瞧瞧,现在的人啦,除了钱,已什么都不信了!生在山里,活在山里,连山神都不信,连白麂子都不信,那还叫活吗?"

半斗米的债

一连几天，在久盛食品有限公司的大门口坐着一名衣服褴褛的老乞丐。

老板九升多次让保安将乞丐轰走，可保安前脚走，乞丐后脚又跟了来。有一次，上午保安将乞丐用车拉到 30 里外的集镇上，可傍晚时分，那乞丐又来了。九升觉得烦躁，明天市里食品卫生监督局的要到公司检查，这一脏兮兮的乞丐坐在厂门口，检查如何过关？

九升决定亲自出马，将老乞丐弄走。

九升从办公室出来，径直走到老乞丐面前，递给他 100 块钱，说："老人家，您总坐在这，影响我们厂子的卫生不说，也耽误您老的生意嗒，我给您 100 块钱，你到别处做生意吧？"

老乞丐用手将九升递过来的钱一挡，一把抓住他的手，扬起脸，骂道："你这个黑心的狼崽子！我可终于逮到你了！我怎么影响你厂子的卫生了？你还影响老子眼睛的卫生，影响老子的心理卫生呢！"

听这骂声，再看这张满是皱纹的脏脸，九升惊愕道："您……您是……旺叔？"

"你还认得我这个老乞丐？"

"认得认得，怎么不认得？您就是烧成灰，我都认得！"

"老子还没死呢，要你认什么灰？认得我这个讨债的就行！"

老乞丐一句"讨债的"，又让九升一惊，他忙回过神来，尴尬地一笑道："旺叔，看您说的，我怎么会忘记您老的恩情呢？"

九升和旺叔都是糊涂村的，九升两岁那年随父母逃荒来到糊涂村，九升米换给老光棍木清做崽，木清就帮他取了个九升的名。可这小子命太硬，到木清屋里不到半年，木清就在一次挖野葛时被毒蛇咬死了。没爹没妈的孩子，吃着百家饭，穿着百家衣，糊涂村的叔佬伯爷们谁见了他都心疼，特别是旺叔，他是生产队长，硬是带头让乡亲们凑份子钱，一直将九升供上了高中。

高中毕业后，九升没考上大学，但又不愿意回糊涂村过面朝黄土背朝天的日子，就在城里的一个米粉店打工。这米粉又便宜又好吃，销路非常好，他觉得如果自己要创业，这可是个好路子，就多留了个心眼，把米粉生产的流程与技术都偷学会了。

可真要自己单干，又谈何容易？一是没启动资金，二是没场地，三是没个贴心的帮手，难啦！

九升回到糊涂村，将想法给旺叔一说，旺叔觉得九升这孩子有头脑，今后肯定能干出一番事业，于是就给他出主意，厂子就开在糊涂村，加工的原材料呢让乡亲们先凑一凑，无非是一点大米，劳动力嘛，村里有的是。

在大伙的帮衬下，九升的糊涂村米粉厂办了起来。

由于糊涂村米粉厂的米粉价廉物美，生意非常红火。

为了将生意做大，九升又将厂子搬到了县城，并将糊涂村食品厂更名为久盛食品厂。

十几年下来，专门生产米粉的久盛食品厂，发展成产品众多的大规模的食品有限公司，九升也成了县上有名的企业家。可不知为什么，近几年，村里在久盛食品公司工作的员工，不是被九升那小子炒了鱿鱼，就是炒了九升那小子的鱿鱼。旺叔不解，问原因，都摇头叹息，不肯说话。有一个叫大眼的说："这个黑心钱，怕要得。"

旺叔觉得蹊跷，非得打破砂锅问到底，大眼才透露说："九升这伢子黑了心了，他的食品，吃不得呢！为了降成本，挣暴利，霉大米、病猪肉、地沟油、工业盐，什么便宜用什么，还不准员工向外说，我们都是本分人，看到心里都怕。"

旺叔一听，牙都碎了一地，骂道："这个黑心的狼崽子，看我如何收拾他！"

旺叔要大眼带他去城里找九升，大眼说："我可不能去，我辞工时压了1000块钱押金在厂里，如果将秘密透出来，1000块钱不就打了水漂？"

旺叔没法，只好背了盘缠饭米，自己进城去找九升。

旺叔按大眼提供的地址找过去，却发现食品公司大门紧闭，厂牌都没了。旺叔心里又一惊，思量道："这狼崽子莫非出了事？厂子被封了？活该！"但九升毕竟是自己看着长大的，他出事，心里还是难过，于是找附近的人打听，才得知九升不仅没出事，而且搬到市里去了，生意做得更大了。

生意做得越大，害的人不是越多吗？旺叔这个急呀！旺叔是个实诚人，十足的乡巴佬，县城都来得少，市里就更少去，但他又是个认死理的人，脑子一根筋，非要将九升找到。"你不就是在市里吗？在省城又怎么样？在北京又怎么样？除非你在月亮上，就算是在白宫联合国，我也要找到你！"旺叔这样想着，就坚定地搭上了去市里的车。旺叔见的世面少，一到市里，到处是大马路，到处是高楼，眼睛就有点使不过来。但他相信，男子汉，出门在外嘴是路，不认得路就问。

半个月过去了，旺叔将市区的大街小巷找了个遍，身上的盘缠也用光了，但九升的毛都没找到。旺叔有点气馁了，想打道回府，可又心有不甘，就这样回去，今后自己在糊涂村说话起不起作用不说，糊涂村的名声也会被九升这小子给毁了。不行，就是讨米告化，也要将这狼崽子抠出来！

旺叔真的成了一个乞丐，一个不以乞讨为目的的乞丐。

一天傍晚，旺叔坐在街边，期望从熙攘的人流中发现九升的踪影。这时，一个小姑娘蹦蹦跳跳地跑过来，往他地上的草帽里丢了一元钱和一包毛毛鱼食品。旺叔正肚皮打鼓，他说了一声"谢谢"，撕开包装，拿起毛毛鱼就吃，可一口下去，"嘎嘣"一声，牙齿掉了一块，他连忙将东西吐出来，是一块小石子。他骂了一声"黑良心的"，拿起包装袋一看，竟然写着久盛食品有限公司生产，并且有厂址有电话。真是"踏破铁鞋无觅处，得来全不费工夫啊"。

旺叔捂着腮帮子，拿着包装袋，一路打听，来到工业园区，找到久盛食品有限公司时已是天亮。

上班时间一到，旺叔就往厂门口闯，可被保安挡在了厂外，说厂子不招工，要招也不招乞丐。

旺叔说："我不找工，我找九升。"

保安说："您是谁？"

旺叔说："我是九升同村的。"

保安说："走走走，九总说见了同村的，让他能滚多远是多远。"

旺叔说："我是他叔！"

保安说："你是他爹都不行！"

旺叔那个气呀，他一屁股坐在厂门口，一顿臭骂。

一连几天，旺叔按时上班，坐在厂门口骂娘。保安没辙，强行用车把他拉到30里以外丢了，可第二天，他又来了。

今天，旺叔终于逮到九升，拉着九升的手就不肯松开。

九升将旺叔让到办公室，又是茶又是烟，旺叔不肯买账，他狠狠地将吃剩的毛毛鱼往九升的办公桌上一放，说："这个，你自己吃！"

九升说:"旺叔,您这是怎么啦?"

旺叔说:"你吃,你自己吃!"

九升说:"旺叔,您是不是听他们嚼舌头了?别听他们胡说八道,我的食品厂都是政府发了证的,各项指标检验都达标的。"

旺叔说:"那你自己怎么不吃?你自己的娃怎么不吃?"

九升尴尬地笑笑说:"旺叔您……"

旺叔说:"我不是你叔,我是你债主,我今天是来讨债的!"他说着,颤颤巍巍地从上衣口袋里掏出一张发黄的作业纸,上面写着:

欠　条

今欠到旺叔大米半斗,每年付息米一倍。

胡九升,1990年×月×日

九升边看边默神,额头就不停地冒出汗来。半斗米,20年的息米,加起来就是104957600斤,折合成现价人民币,可是两个多亿啊,他十个久盛食品有限公司也抵不了这个债呀!

原来,当年九升办厂时,旺叔号召乡亲们每家每户都勒紧裤带借给九升半斗米,为了让大伙放心借米,旺叔让九升给每户都打了欠条。后来,九升的生意做起来了,各家都安排了一个人在九升的厂里做事,按月发工资,半斗米的账就都答应不要了,欠条也撕了,只有旺叔一人吃饭全家不饿,没去给九升打工,这欠条的事也就都忘了。

九升望着旺叔说:"旺叔,你看这欠条……"

旺叔说:"我知道你还不起这个债,你欠乡亲们的人情债,更还不起啊!"

九升说:"旺叔,我……"

旺叔打断九升的话说:"你什么话也别说,这些年你是如何起的家，你自己心里得有一本账。做食品的，做的就是良心，你摸摸自己的良心，你都做了些什么？乡亲们不是与你过不去，都是看你起家不容易，怕你绊跤子啊！旺叔今天找到你，也不要你还账，我只要你一句话，这黑心钱，你还挣不挣？"

九升一听，惭愧地说道："旺叔呀，这几年我也是鬼迷了心窍，您话都说到这个份上了，我还有何话说？这个厂子都是您的，你说要我怎么做我就怎么做！"

旺叔说："好！我就要你这句话！这厂子还是你的，但我要来当质量监督员，至于工资嘛，每日半斗米，你看如何？"

九升激动地说："旺叔，是您一语点醒梦中人啦，今后一切，我都听您的。"

旺叔见九升一脸诚恳，与九升一击掌，并将欠条收起来，掏出打火机。九升忙将欠条夺过来，说："旺叔，这欠条不能烧，让我好好保存吧，这可是一张让我警醒一辈子的诚信欠条啊！"